바람결에
수굿수굿
✕
대표에세이
문학회

바람결에

대표에세이문학회

수굿수굿

바람결에

대표에세이 문학회

수굿수굿

5매 수필에 대한 확인

대표에세이문학회 회장 | 김선화

우리는 일찍이 19호 『5매 수필의 멋과 맛』(2002)으로 시작해 『짧은 글 긴 여운』(2003), 『나뭇가지에 걸린 세월』(2004), 『동강에서 별을 줍다』(2005), 23호 『처음 그 눈빛으로』(2006)까지 장장 5년간 '5매 수필' 시도 및 보급운동에 들어갔다. 처음엔 안면도 세미나를 기점으로 하여 3년간만 시도해보자 했는데, 수필계의 반응이 좋아 2년 더 연장하여 5년 기획이 되었다. 이는 수필이 꼭 원고매수 15매 내외여야 하는가에 대한 도전이었고, 짧은 글 안에도 얼마든지 메시지를 담아낼 수 있다는 가능성을 보여주는 파격이었다. 명칭 '5매 수필'은 짧다는 의미의 상징이고, 수필 한 편에 원고지 3매~7매까지를 수용하고 있다.

그렇다고 우리들의 동인지가 짧은 수필의 효시인 것은 아니다. '천자칼럼'이라 하여 단상을 게재하는 일간지라든가, '촌감단상'이란 꼭지로 짧은 글을 게재하는 문학잡지도 있어왔다. 많은 수필가들이 텍스트로

삼아온 윤오영 선생의 '달밤'같은 글은 잘 된 단편소설에 버금가는 짙은 여운을 전달하고 있다. 즉 다 말하지 않고 말하기에 대한 도전이 5매 수필을 추구하고 보급하는 대표에세이 회원들의 사명감이요, 자긍심이라 하겠다. 함축하되 독자가 그 뜻을 충분히 알게 하고, 경중경중 건너뛰되 징검돌사이의 사유를 읽어내게 하는 장치를 꾀할 때 5매 수필은 성공의 대열에 오르게 될 것이다.

올해로『月刊文學』수필 신인공모 출신 작가들의 모임인 대표에세이 문학회가 서른한 살이 되었다. 어엿하니 철든 청년이 서 있을 법한 연륜이다. 그 사이 안타깝게도 작고동인들이 늘어난 반면, 새로운 얼굴들도 늘어났다. 이러한 순환의 기로에 서서 차분히 5매 수필에 대한 애초의 정신을 확인하고, 그에 따른 문학성을 다지는 작업으로 다시 한 번 세상에 내놓는다.

2014년 가을
대표에세이문학회 회장 김선화

contents

6

contents

정목일

1975년 『월간문학』 수필 등단, 1976년 『현대문학』 수필 천료
한국수필가협회이사장, 한국문인협회 부이사장, 연세대학미래교육원 수
필 지도교수, 롯데백화점 본점 수필 지도교수, 한국문인협회 수필교실 지
도교수
수상 : 한국문학상, 조경희문학상, 원종린문학상, 흑구문학상, 남촌수필
문학상 등
저서 : 수필 『남강부근의 겨울나무』, 『한국의 영혼』, 『별이 되어 풀꽃이 되
어』, 『달빛고요』 등 20여권

E-mail : namuhae@hanmail.net

손의 기도

부디 내 손을 깨끗하게 해 주소서.
욕망에 눈이 어두워 무엇이라도 갖고 싶어
안달을 부리는 손이 되지 않게 하소서.
아침마다 손을 씻는 것만이 아니라,
마음의 손을 씻게 하소서.

그 손으로 영혼을 씻게 하소서.
고통을 받는 사람들의 이마를 짚어줄 줄 아는
손이 되게 하소서.

시린 손, 공허한 손, 부끄러운 손, 교만한 손,
야욕에 찬 손이 아니라, 따스한 손,
신뢰를 주는 손, 겸허와 눈물을 아는 손이게 하소서.

남을 위해 두 손을 모으는 손이게 하소서.
이익이 될 만한 사람에게만 다가가 악수를

정목일

청하려 하지 말고, 뒤에서 한숨을 쉬며
물러나 앉은 사람에게 다가가 내미는 손이게 하소서.

성실의 손, 땀에 젖은 근면의 손이게 하소서.
제발 일을 할 줄 몰라 뒷짐을 지게 하지 마소서.
어둠 속에서 신음하며 괴로워하는 사람들의 손을 잡게 하소서.

지금까지 잘 나고 의젓한 사람들의 손만 잡으려고 하지 않았는가.
탐욕과 이기심이 가득한 손,
남에게 근심과 해를 끼친 손은 아니었던가.
교만과 고자질을 일삼던 손은 아니었던가.

기도하는 손, 사랑의 체온이 느껴지는 손,
감사할 줄 아는 손, 눈물을 닦는 손,
이웃과 미소로 잡는
따뜻한 손이 되게 하소서.

겨울 산을
보며

겨울산은 삭발승의 묵언정진默言精進이다.

만년 침묵 속에 있다. 눈보라에도 꼼짝달싹도 하지 않는다. 깨달음을 얻기까지 그 자리에서 움직이지 않는다.

침묵 속에 한 죽음을 이루려 한다. 영원 속에 숨을 놓아버리려 한다. 말을 얻으려 했지만 깨달음은 말이 아님을 알고 있다.

겨울산은 오장육부를 비워내고 있다. 자신도 존재도 버린다. 말하지 않는다. 눈으로 보지 않고 귀로 듣지 않는다. 말과 지식을 버린다. 허공이 되고자 한다.

겨울산은 침묵의 폭포수이다.

사정없이 절벽 위에서 뛰어내린다. 더 이상 길을 찾을 수도 없고, 머뭇거릴 수 없다. 자신이 길을 떠나지 않으면 안 됨을 알고 있다. 바랄 것도 버릴 것도 없어 편안한 얼굴이다.

침묵 속에 진실의 길이 있다. 천년만년을 견뎌내는 건 침묵뿐이다. 만년 침묵의 일부이면 그만이다. 영원 속의 한 숨결이면 족하다.

거추장스런 장식 따위는 버린 지 오래다. 절제된 문장 한 줄도 필요 없다. 수식이나 과장을 모두 떨쳐버린 데서의 깨달음. 정신의 뼈와 근육을 드러내놓고 있다. 능선과 계곡, 원근과 굴곡으로 본연의 모습을 보여주고 있다.

침묵 속에는 내면으로 흐르는 말이 있다.

겨울산은 내면의 말마저 지워 버린다. 침묵이 되고 진실과 깨달음, 그 자체가 된다. 아무도 가르쳐주지 않은 것을 스스로 알아 버린다.

겨울산은 근육질만 있는 게 아니다.

여성의 둔부, 가슴의 부드러운 선들을 내놓고 있다. 눈 덮인 능선은 한없이 정결하고 부드러워 손으로 만져 보고픈 충동을 느낀다. 진실을 드러내는 것은 용기만으로 되는 것이 아니다. 삶을 지탱해주는 뼈와 근육이 있어야 한다. 흔들리지 않는 만년 침묵의 뼈대-.

겨울산은 묵상의 얼굴이다.

나에겐 침묵의 정수리가 보이지 않고, 정신의 뼈가 드러나지 않는다. 눈보라 속에 모든 것을 다 떨쳐버리고 명상의 뼈들을 드러낼 수 없을까.

눈보라 속에 얼어붙은 겨울 산.

김학

1980년 『월간문학』 등단

전북문인협회장, 전북펜클럽 회장, 국제펜클럽 한국본부 부이사장 역임

전북대학교 평생교육원 수필창작 전담교수

수상 : 한국수필상, 영호남수필문학상 대상, 신곡문학상 대상, 펜문학상,

전주시예술상, 목정문화상 등 다수

저서 : 수필집 『나는 행복합니다』 등 12권

　　　수필 평론집 『수필의 길 수필가의 길』 등 2권

E-mail : crane43@hanmail.net

흰 고무신

여름구두를 신으려고 신발장을 열었다. 하얀 고무신 한 켤레가 눈에 띄었다. 어머니가 즐겨 신으시던 고무신이다. 저 고무신을 어머니가 다시 신으실 수 있을까 생각하니 순간 눈물이 핑 돌며 가슴에서 찬바람이 일었다.

어머니는 지금 아홉 달째 입원 중이시다. 하체를 못 써 대소변도 받아 낸다. 정신은 말짱하시지만 몸을 마음대로 움직일 수 없으니 안타깝다. 그런데도 어머니는 큰손자가 사다 드린 핸드폰으로 집안의 대소사를 진두지휘하신다. 서울에 사는 손녀나 손자들이 며칠만 전화를 하지 않으면 그 불똥은 곧바로 내게 떨어진다.

어머니는 우리 동네에서는 멋쟁이 할머니로 소문난 분이시다. 외출을 하실 때면 언제나 화장을 하고 곱게 한복을 차려 입으셨다. 어머니 스스로 자신을 가꿔 늘 단정한 차림으로 나들이를 하시니 이웃들은 우리 내외를 효자 효부라 칭찬하지만 너무 부끄러워 몸 둘 바를 모른다. 사실은 어머니는 아들 내외가 손가락질 받지 않도록 하려고 스스로 치장을 하신 것인데. 그런 어머니가 지난 해 개천절 날, 아파트 화장실에서 낙상을 하셨다. 병원 응급실로 모시고 갔더니 이마를 부딪치며 목뼈의 힘줄을

16

다쳤다고 했다. 팔순 노인이라 병원 침대에 오래 누워 계시니 낙상 후유증은 나았지만 하체가 굳어져 홀로 걸을 수 없게 되고 말았다.

흰 고무신은 신발장에 갇힌 채 이제나저제나 어머니만을 기다릴 것이다. 날마다 아침때면 경로당이나 계모임에 가시면서 챙겨 신고, 때가 묻으면 손수 목욕도 시켜주셨는데, 요즘엔 왜 자신을 외면하는지 궁금해 할 것이다. 주인의 마음이 변한 게 아닌지 오해를 할지도 모른다. 날씨는 자꾸 더워지고 바람도 쏘이지 못하니 고무신은 무척 답답할 것이고, 바깥세상이 마냥 그리울 것이다. 병실에 계시는 어머니나 신발장에 유폐된 흰 고무신이나 같은 처지다. 안타깝게도 어머니는 그 흰 고무신을 다시는 신어보지 못하고 하늘나라로 가셨다.

빗방울

비가 내린다. 장맛비가 내린다. 벌써 며칠째 내리는 비인가. 온 세상은 촉촉이 젖었고, 집안공기도 눅눅하다. 우산을 받쳐 들고 경중경중 걸음을 옮기는 이들의 모습이 어설퍼 보인다. 장마가 길어지니 나무나 풀, 그리고 사람들은 밝은 햇살이 얼마나 그리울까.

창문을 열고 손을 내밀어본다. 금세 손바닥에는 빗물이 흥건히 고인다. 고인 빗물들은 떼를 지어 손가락 사이로 스르르 빠져나간다. 누가 알려주지 않아도 빗물들은 내 손바닥이 오래 머물 곳이 아니라는 사실을 알고 스스로 도망칠 길을 찾는다. 얼마나 영리하고 슬기로운가.

빗방울은 어떤 모양일까. 네모나 세모는 아닐 테고 동그란 모습일 것이다. 빗방울 하나하나는 동그랗지만 그들이 모여 한 덩어리가 되면 그 모습은 또 달라지리라. 빗방울은 물방울의 지름이 0.5mm 이상이면 강수, 그보다 작으면 이슬비라 불린다. 지금까지 측정된 빗방울 중 가장 큰 것은 열대지방에서 관측된 지름 7mm, 무게 0.3g이었다던가.

빗방울은 다양한 형태를 지닌다. 지름이 2mm 이하의 작은 빗방울은 공처럼 둥근 모양이지만, 그보다 큰 빗방울은 기압에 눌려 가로로 퍼지기 때문에 햄버거와 비슷한 형태를 띠기도 한단다. 그러나 그런 빗방울을 우리가 직접 눈으로 볼 수는 없다. 장맛비는 억수같이 쏟아지다가 어느새 이슬비로 변하고, 잠시 뜸을 들인 다음, 다시 또 억수같이 쏟아진다. 그야말로 변화무쌍이다.

빗방울의 모습은 다양한 형태를 이루고 있지만, 그 가운데 눈물과 비슷한 것은 없다고 한다. 빗방울이나 눈물방울이나 같은 모양일 것 같은데 다르다니 놀랍다. 빗방울보다 눈물방울에 소금기가 더 많아서 그럴까.

비는 하늘이 흘리는 눈물이다. 대한민국의 하늘은 봄·여름·가을·겨울 중에서 왜 하필이면 여름에 더 많은 눈물을 흘릴까. 6、25 전쟁 때 산화한 원혼들의 넋을 달래려는 서러운 눈물일지도 모르겠다. 유족들이 흘린 눈물로도 모자라 하늘이 자청하여 곡비哭婢 노릇을 맡은 것은 아닐까.

맑고 푸른 하늘이 마냥 그립다. 하늘도 이제는 눈물을 거두고 활짝 웃었으면 좋겠다.

김학

김홍은

1983년 『월간문학』 수필 등단

충북 수필문학회, 충북문인협회장 역임, 충북대학교 명예교수, 충북대학교 평생교육원 수필창작 강사, 『푸른솔문학』 발행인

수상 : 한국수필문학상, 충북수필문학상, 연암문학상 대상

저서 : 수필집 『나무가 부르는 노래』 『꽃이야기』 『나무이야기』 등

E-mail : hekimK@empal.com

잃어버린 고향

대청호는 은물결을 일으키며 햇살에 반짝인다. 물이 호숫가를 찰랑대는 곡선은 예술가의 손놀림 같다.

갈대숲이 서걱대는 물가로 내려가 흐르는 물을 바라본다. 억새, 갈대, 달뿌리 풀은 엉키어 노년의 백발이 석양빛에 나부끼듯 바람에 일렁인다. 호수에 잠든 수몰된 삼십년의 세월이 물그림자로 출렁인다.

환자의 몸은 쓸쓸히 고향에 와서 쉬고 싶다. 수구지심首丘之心의 심정을 어이하랴.

봄이면 낙엽송 가지를 쥐고 힘지게 훑으면 파랗게 고운 이파리가 달린 채 벗겨졌다. 나무껍질을 목에 걸면 은은한 향기가 그리도 좋았다. 뻐꾹채도 꺾어먹고, 며느리배꼽 잎도 따 먹던 산모롱이는 청미래 열매가 열리면, 참나무 숲에서 집게벌레를 잡던 추억들도 아련히 떠오른다. 메뚜기를 잡던 내 모습이 수채화로 머문다.

그리운 얼굴이 물안개가 지나가듯 회상의 언저리로 밀려드는 추억은 산사나무, 아그배나뭇가지에 빨간 열매처럼 매달린다. 학교 갔다 돌아오는 길에 따 먹던 새콤새콤하던 열매들이 생각만 해도 입안이 시다.

소를 몰고 풀지게를 진 가난한 아버지의 발걸음도 노을빛으로 쓸쓸히 그려져 온다. 고샅으로 물동이를 이고 가는 어머니도 그립다. 사랑채 지붕에는 여러 개의 하얀 박덩이가 복스럽게 매달려 가을도 함께 익어 가던 고향. 박을 따서 키던 날은 공연히 신바람이 났었다. 박속처럼 희다더니 이렇게 깨끗함을 본 적이 없다. 둥근 박속을 수수깡이로 꿰어 굴렁쇠처럼 굴리며 놀던 고향이 그립다.

푸른 호수 위로 추억들이 오랫동안 물보라로 스치고 있다. 휘파람을 불며 발길을 천천히 옮겨보지만, 수몰민의 비감悲感이 자꾸만 쏟아진다. 어쩔 수 없이 떠난 이별이지만 오늘 따라 슬픈 눈물이 오래 젖는다.

소 방울소리

전쟁 직후라서 모든 산들은 민둥산뿐으로 나무가 귀했다. 아버지는 새벽에 바가지에 보리밥을 싸가지고 달구지를 끌고 삼십리 길, 염티골 산으로 나무를 하러 가셨다. 나는 아직 어려서 따라 나설 수가 없었다. 동짓달은 해가 짧아 어둠이 찾아와도 아버지는 돌아오지 않으셨다. 등불을 들고 마중을 갔다. 등불이 꺼질 걸 대비해서 한쪽 손에는 황개피를 한 묶음 들었다. 인적이 끊긴 어두운 신작로 자갈길은 사그락 사그락 발자국소리만이 들렸다. 길가 양옆으로는 미루나무가 어둠속을 가는 방향을 알려주었다.

산기슭에서는 부엉새 울음소리에 머리가 쭈뼛쭈뼛 소름이 끼치도록 무서웠다. 어른들의 말에 의하면 부엉이는 짐승의 눈만 파먹고 몸통은 호랑이가 따라다니며 먹는다고 했다. 무서움에 오금이 저려 발길이 잘 떨어지지가 않았다. 대낮에도 십리 길의 공동묘지 옆을 혼자서 지날 때면 온몸이 오싹오싹하였다. 이곳을 지날 생각을 하니 점점 가슴이 두근거렸다.

아버지 오시는 기척은 없고 점점 공동묘지가 가까워온다. 제발 이곳을 지나기 전에 오시기를 바랐다. 주춤주춤 내 발길을 멈추고 아버지를

김홍은

목이 터져라 부르지만 산울림으로 흩어졌다. 아버지가 오실 거라는 믿음에서 무서움을 억지로 참아보지만 점점 등에서는 생땀이 나기 시작한다.

뒤돌아 마을을 바라보니 건넌들 외딴집 물레방앗간의 불빛이 반짝인다. 그래도 그 불빛은 조금이나마 안도의 마음을 갖게 해주었다.

또 한 번 아버지를 불러보건만 아무런 대답이 없다. 싸늘한 바람이 불어와 호롱불이 흔들려 꺼질까봐 서성이던 발길을 멈추었다. 땅바닥에 털퍼덕 주저앉아 등불을 몸으로 보호하였다. 밤하늘은 초승달이 하늘에 높이 떠있고, 북두칠성이 또렷하게 반짝였다. 사방을 둘러싼 굴곡진 산봉우리들은 더 검고 높아 보였다. 얼마가 지났을까. 멀리 산모롱이에서 담뱃불빛이 번쩍였다. 아버지다.

"아버지―."

"오냐."

순간 공연히 목이 메여 눈물이 왈칵 쏟아졌다. 점점 가까이 소 방울소리가 들려왔다. 등불을 들고 달려갔다. 삐그럭삐그럭 달구지바퀴 돌아가는 소리도 지친 듯이 들렸다. 아버지께 등불을 넘겨드리고 잡은 소고삐를 받아들었다. 아버지는 소가 힘들까봐서 달구지에 타지 않고 소와 나란히 걸어오고 계셨다.

소는 마중 나온 내가 고맙게 느껴졌는지 아까보다는 방울소리가 더 크게 울렸다. 나는 아버지 손을 잡고 소방울소리를 들으며 야트막한 장승배기 고갯길을 넘었다.

이창옥

1983년 『월간문학』 수필 등단
전북문단, 현대수필, 펜문학, 한국문협 등 회원
전북수필문학회 회장, 전북문협 이사, 현대수필 이사 등 역임.
수상 : 풍남문학 본상, 한국문학 대상 등
저서 : 작품집 『밀알의 숲』 외 5권

E-mail : leeco41@naver.com

주제가 있는 곳에서

나들이는 나를 훨훨 털고 새 터전에 미지의 미려美麗를 찾는 길손의 투어인 것이다. '나'라는 투명성을 발견하는 기회가 아닌가.

길은 떠나야 하는 이미지가 아니라 다시 돌아오는 길인 것을 익히는 몫이 그 터를 닦는다. 길way은 우리의 역사를 지닌 자국을 안다. 길을 걷는 사람의 마음과 삶의 인생길과는 사뭇 다르다. 이는 자기를 알고 형성하는데 스멀스멀 피어나는 정신적 신념의 길임을 알게 한다.

사람은 사는 것이 아니라 '살아가는 것이다'. 여기엔 생혼과 영혼을 지닌 존재가치를 지니면서 살아가는 길로 퍼 나르는 일이다.

오늘만은 흠흠한 얼굴로 올금볼금 사랑한 마음의 노래에 적셔보자. 이런 마음의 태깔이 모아져 새로 난 길을 가고 있다. 창밖의 숲 무지에 굽이친 옥색강물에서 자연섭리를 깨닫는 순명의 몫을 배운다. 이 시간 귀보다 마음이 먼저 듣고 한 눈으로 5월의 빛을 흠뻑 담고 있지 않은가.

비금비금한 노송의 숲에서 솔 향이 가득 저미는 목적지 '소록도'小鹿島에 닿았다. 시인 '한하운韓何雲의 황톳길-5월의 보리피리'가 음각된 시비의 노랫소리가 반긴다. 일본인의 씨만스런 억누름을 당한 한센인의 유물관, 십자가의 길에 세워진 '구라탑救癩塔의 애환', 이곳 역사를 같이 한

26

기기묘묘한 수목들의 소곤거리는 정겨운 소리를 듣는다. 고향을 떠나 다시 돌아온 젊은이의 귀향의 소록도. 모성의 한센인의 자랑이 넘친다. 우연하게도 시인 '강창석' 작가를 만났다. 두 손은 몽당했다. 그러나 당찬 육순의 나이로 음성에 힘이 있고 소외인이 아닌 떳떳한 몰골이 그를 감싼다. 이곳 젊은이들이 이곳을 떠났다가 부모 찾아 되 온 '연어인'이라고 강시인은 소개를 한다. 난 서슴없이 그와 악수를 청했다. 시인의 두 몽당손은 온기가 흘렀다.

성당 앞 대교의 아치형을 한 숭엄한 '후박나무'는 이 터전의 주인 된 80년의 거울이지 않은가. 소록도의 봄은 나의 한 톨 영각靈覺의 터를 만들었는가. 지금, 한센촌의 젊음과 여인네의 음성이 한껏 쟁쟁인다.

울숲 작은 의자

오늘도 숲길을 오릅니다.

거슬러 오르고 싶어 마음을 비웁니다. 나의 몸과 느낌의 잘못된 기억을 하나씩 지워갑니다. 알고 있는 것, 경험한 것이 전부가 아님을 깨닫는 시간의 푸념이 필요한 것입니다. 하루 한 시간씩 한적한 이 숲길을 가르며 발자국을 남깁니다. 이 길은 은자의 피안이자 변혁의 산실로 소박한 겸손을 불러 세워, 깊고 뜨거운 마음을 길러낸 우아하고 청순함을 기른 바지런 떤 길입니다. 꺼리에 맑고 밝은 시상으로 나의 살갑고 수련함을 훔칩니다. 때로는 애잔 미를 가슴에 서리기도 합니다. 산길을 오르며 듣는 잎새의 아주 작은 소리가 나를 살지게 한 이 숲은 마뜩한 길이라고 정의합니다. 숲이란 삶을 보듬은 어머니 같은 자연이 세운 새로운 그 자체에 나와의 통섭으로 창조적인 세계의 구축이 문학의 한 장르로 이끄는 몫이 나의 퓨전이 되고 있음을 압니다.

잠시 '니체'의 주창을 안고 보면 '삶의 사랑' 그것이었다고 합니다. 인간과 사물을 대하는 모든 것을 수용하고 사랑할 수 있는 것만이 진정한 철학이며, 예술은 그러한 사랑을 그리는 작업이고, 완전한 사랑을 향해 달려가는 기나긴 여정이 아닌가 싶습니다. 이는 끊임없이 새롭게 조화된 변화의 길을 의미하며, 다만 영과 혼과 몸으로 건강한 생명력, 펄떡이는 심장으로 뛰어야 한다는 점입니다. 숲길은 곧 그 길을 인도하는 노정이 됩니다.

울울한 편백나무는 하늘을 덮고 잎의 순박한 미소 띤 얼굴, 얼굴은 순결한 소녀의 표상의 향기였습니다. 쉭쉭 지나는 바람은 시간과 세월을 낚습니다. 인생의 언저리를 치며 쉼 없이 지납니다. 배려와 인간적인 여백은 무심결에 사람의 가슴속에 기억시키며 바람에 휩싸여 마구 지나곤 합니다. 나의 숲길에 명명된 자리는 울숲 속의 터전을 만들고, 나의 소중하고 여낙낙한 묵상 안에 참되고 가난한 소리를 위한 숲의 소리와 어울려 하늘을 봅니다. 그 기구祈求안에 나를 불러 세우는 믿음이 내 마음의 어두움에 빛이 됩니다. 숲 한편의 작디작은 의자는 들고 날고 한 사랑을 만드는 자리인가 합니다.

지연희

1983년『월간문학』수필 신인상, 『시문학』시 부문 신인문학상 당선
한국문인협회 수필분과회장, 한국수필가협회 부이사장.
국제펜클럽 한국본부 이사, 한국여성문학인회 부이사장
계간『문파문학』발행인
저서 : 수필집『사계절에 취하다』외 12권
　　　시집『남자는 오레오라고 쓴 과자케이스를 들고 있었다』외 5권

E-mail : yhee21@naver.com

지나간 시간의 흔적은
아름답다

  바람의 입김이 차다. 하늘빛은 푸르고 높아 막힌 가슴을 단숨에 무너 뜨리고 마는 계절이다. 하지만 조석으로 부는 바람이 확 트인 가슴속에 너무나 큰 공허를 앉히고 있다. 들녘에는 온갖 과실이며 곡식이 익어가 지만 풍요의 크기가 크면 클수록 결실의 자국은 한 해의 끝을 이야기 하 고 있어 쓸쓸하다. 황금빛 벼를 거둔 빈 논바닥 같아 가슴을 앓게 한다. 못 다한 그리움처럼 못 다한 욕망이라도 남아 있는 까닭일지 모른다.

  뒤돌아보면 지난 시간은 늘 그 자리에서 무지개빛 내일을 꿈꾸는 갈 망 속에 존재하곤 했다. 하지만 채워지지 않는 갈망의 그 추억만으로도 지나간 시간의 흔적은 아름답다. 비록 어느 현재도 욕망의 사슬에 매이 지 않는 순간이 없어 내일에 대한 기대로 달뜨게 하지만 지나고 나면 어 느 한 순간의 과거도 아름답지 않은 날이 없는 것이다. 다만 현재는 얼마 나 더 가득해야 진리에 순하여 아름다울 수 있을지 쉬이 가늠하게 하지 않는다.

  하나의 일이 시작되고 하나의 일이 마무리 되는 반복의 연속이 일상이다. 누구나 자신에게 주어진 일을 위하여 수많은 하루를 살아가는 게 인생이지만 이 가을에 던져진 우리들 각자의 삶의 빛깔은 무엇일까 궁금하다. 지나친 사랑도 독이 되고, 지나친 미움도 독이다. 진실한 것은 가슴에 담아두면 가슴속 온기로 싹을 키우고 꽃을, 열매를 매달 수 있겠다 싶지만 사랑도 가슴에 안은 욕망의 부피 때문에 둑을 무너뜨리는 댐과 같다.

무엇을 더 가득히 보여주려고 한 것이 독이 되지 않았기를 지난 시간을 돌아보며 생각한다. 부질없는 욕망이 사람을 키우는 일이지만 부질없는 욕망이 사람을 버리기도 한다. 가슴을 열어 스스로의 삶을 내다보는 자성의 계절 탓일까. 번개처럼 스쳐 지나는 것이 시간이라는 것을 극명하게 실감한다. 어느새 단풍의 그 고운 빛도 시들기 시작하고 보도 위엔 가지에서 투신한 마른 잎들의 뒷모습이 흔들리고 있다. 그럼에도 그리움이 그리움을 키운다.

쉴 새 없이 깨어 있으라는
주문 속에서

　유월의 찌는 듯한 더위 속에 서 있다. 견딜 수밖에 없는 세계적인 기상이변은 지구촌 생태계의 질서를 무너뜨리고 있다. 봄이 여름의 옷을 입기 시작하고, 가을이 겨울의 옷을 성급히 입으려 한다. 이 또한 우주적 변혁의 어쩔 수 없는 질서로 새로운 인식의 틀을 짜게 될지 모른다. 이에 순응하고 길들여지지 않을 수 없을 것이다. 기후의 이변뿐 아니라 하루가 다르게 모양을 달리하는 정보사회의 놀라운 변화를 따라가다 보면 때로는 숨이 차고 어지러워진다. 현대인이 누려야 할 혜택이며 비애이다.

　현대문명의 발달은 급격한 속도로 진화되어 사람의 지능이 창조주의 권능에 도전하는 듯 위력을 보인다. 로봇이 수술을 하고, 운전자가 없어도 자동차가 운행이 되는 현상 이상의 놀라운 경이로움이 펼쳐지고 있다. 전설 속에 살아있던 달나라의 베일이 1969년 미국의 우주선 아폴로 11호에 의해 실체가 벗겨진 이후 머지않아 달나라에 이주해 사는 사람들도 있을 것이라는 가능성을 보이고 있다. 꽃나무 한 그루를 사다가 새

지연희

화분의 흙 속에 뿌리를 묻었다. 흙 속에 뿌리가 착근되지 않아 가지에 붙어 있던 잎새가 시들어 측은해 보였다. 새로운 것들에 적응하는 일이 쉽지 않아 보인다.

e-book 시장이 확대되어가는 움직임이 보인다. 여기 저기 전자책의 효율성을 피부로 느낀다는 것이다. 스마트폰에 내장된 시와 수필을 손가락 끝으로 터치하기 무섭게 화면이 바뀌고 작가의 육성으로 낭송하는 시와 수필을 들을 수 있다. 참으로 신기하고 편리한 기능을 보여주는 요술 상자처럼 경이로운 눈으로 감상하게 된다. 종이책이 독자의 손끝에서 책장을 넘기던 시절의 정서는 느낄 수 없어도 직접 들려주는 작가의 음성을 듣고 화면 속의 작품을 감상하는 기회를 향유하다보니 조금씩 길들여지고 있다는 생각을 한다.

시간의 흐름에 따라 날로 새로운 모습이기를 지향하는 현대인의 삶은 숨 가쁘게 따라가지 않으면 뒤처지고 만다. 쉴 새 없이 깨어 있으라는 주문을 한다. 낡은 것들을 딛고 일어서 시대의 변화 앞에 서라고 한다. 그러나 농부는 봄이면 볍씨를 뿌려 모판을 만들고 목마르지 않게 물길을 대어주며 가을의 풍성한 추수를 기다린다. 자연한 모습으로 자연의 베풂에 기대어 벼가 성장하기를 빌고 열매가 튼실하게 열리기를 기원하고 있다. 글을 쓰는 이는 농부의 가슴을 닮아, 봄 햇살에 기대어 두근거리는 마음을 언어를 빌어 백지 위에 내려놓고, 가을 날 한 알의 열매에 감사하는 자연한 사람들이지 싶다.

34

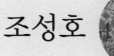

조성호

충북 청주 출생, 1983년 『월간문학』 수필 등단

한국문인협회, 뒷목문학 회원

저서 : 수필집 『재생 인생』

현 청주 '영진약국' 운영

E-mail : yj4614@hanmail.net

풀독

환삼덩굴이 이뇨와 혈압 강하작용이 있는 민간약으로 떠올라 있으나 약효를 시험할 기회가 없었다. 누나에게 약효가 있는 풀이라며 떠벌리니 텃밭에 그것 때문에 골치라며 한 상자나 뜯어서 보내왔지만 게으름 탓으로 버리고 말았다.

올해는 내가 직접 전지가위와 장갑으로 무장하고 용정산림공원 다녀오는 길 밭둑에서 채취하기로 했다.

맑은 가을 날씨가 대낮은 한여름처럼 따갑다. 산책할 때마다 눈여겨두었던 곳에 환삼덩굴이 무성하게 엉겨있어 전지가위를 들이대며 잘라내기 시작했다. 낫을 가져오려다 번거로워 주머니에 가위만 넣고 왔다. 줄기가 잔가시로 덮여 장갑을 끼긴 했지만 줄기를 잡아당기자 녀석은 완강하게 버티며 저항하는 것이었다. 왼손으로 잡아채고 오른손으로 가위질하며 한두 줄기를 걷어내는데도 몸에 진땀이 나고 손이 화끈화끈 달아오르고 가렵기 시작한다.

덩굴이 들어낸 빈자리에 웬 잔벌레들이 바글거리고 그들만의 세계가 그곳에 버티고 있었다. 나는 공연한 침입자가 되어 난폭한 폭군으로 자연을 파괴하는 중이었다. 허둥대며 가위질하다가 가위의 스프링이 어느

새 빠져 달아났다. 그걸 찾아낼 겨를도 없이 나는 빨리 이곳을 벗어나고 싶었다. 걷어낸 한 다발의 덩굴을 들고 쫓기듯이 허겁지겁 산을 내려왔다. 산에서 훔쳐오듯 별 쓸모없을 약초를 들고 아파트로 오며 내가 벼르던 작업을 제대로 한 것인가 작은 후회를 하며 쓰레기장 앞에 이르자 에라 모르겠다는 심정으로 고생하며 채취한 걸 던져버렸다.

집안에 이걸 가져가 보았자 식구에게 환영받지 못하겠고 잘 다듬어서 활용할 자신이 없던 때문이다.

산책 때마다 만나는 환삼덩굴은 이파리가 예쁘다. 다섯 갈래로 난 손바닥처럼 팔랑거리는 잎만으로도 보기가 좋다. 무성하게 길가에고 밭둑에고 산속에서고 무서운 번식력으로 제세상을 꾸리는 모습이 보기 기특했다. 늦여름부터는 꽃이 피지만 잎만큼 아름답지 못하다. 연두색으로 자디잘게 피어 꽃일까 싶지도 않다. 그래도 벌이 날아와 잉잉거리는 걸 보고 멋진 짝의 만남이요, 사랑이라며 나는 디카로 사진을 찍는다. 못난 얼굴이지만 그에게는 나름대로 향이 있고 꿀샘을 지니고 있어 벌을 불러들이는 마력이 있다. 지금은 발그레 꽃빛깔이 변하긴 해도 역시 볼품은 없다.

집으로 와서 아무 일도 없었던 듯이 샤워를 한다. 손이 가렵고 얼굴에 여러 군데 툭툭 불어나 알레르기 현상이 나타난다. 숲의 거부 반응이 생긴 걸 보며 풀독이구나, 무심코 저지른 죄값을 받는구나 하며 서둘러 약을 바르고 먹는다.

다리 밑 움막

출근길에 고가 다리 밑을 지날 때면 빨간 신호등에 잠시 멈추곤 한다. 다리 난간 아래로 비둘기들이 떼로 몰려 있어 유심히 보게 된다. 교각 위 양지 바른 곳에 나란히 줄을 서 있는 녀석들은 그대로 다정한 이웃들이 모여 햇볕바라기라도 하는 형상이다. 이 새는 평화의 상징이니 평화를 논의하는 무슨 비둘기의 구수회의일지도 모르겠다. 노상 모여 있는 것으로 보아 분명 다리 교각 빈틈새에 둥지를 여럿 틀고 있을 것이다.

6. 25 전쟁 후에는 포화로 집을 잃은 이들이 다리 밑에서 생활하기 시작했다. 한두 집이 들어서더니 아예 교각 옆으로 잇대어 마을을 이루다시피 여러 집들이 이마를 맞대고 겨울을 견뎌내고 있었다. 추위를 막기 위해 짚으로 만든 거적문을 달고 거적자리를 깔고 옹송그리며 춥고 가난한 시절을 버텼다. 초등학교 저학년 어린 나이에 나는 무심천 다리를 지나다니며 그들을 무심히 살펴 보았다. 미군인지 신문기자인지 모를 서양사람들은 헐벗고 누더기를 입은 아이들을 다리 위나 다리 아래에 세워놓고 이리저리 사진을 찍곤 했다. 코를 질질 흘리는 초라한 모습으로 사진 찍히는 아이들을 보며 나는 얼굴이 확확 달아올랐다. 창피하게스리 그런 사진을 찍힌다며 내가 망신당한 듯 부끄러워 어쩔 줄 몰라했다.

한동안 다리 밑의 집들은 창피를 무릅쓰고 버티더니 결국 정부에서 문화주택을 지어 이주시키며 철거하긴 했다. 당시 화폐개혁을 할 때 이곳에서 많은 현찰이 쏟아져 나온 것으로 보아 허술한 주거였으나 실속이 있는 부자도 있었다고 수근거릴 정도로 생활력이 강한 사람들의 보금자리였다.

집들이 부족하여 판자나 깡통 조각들을 이어서 만든 '하꼬방'이라 불리던 집들이 흔하던 시절이었다.

20여 년 전 아프리카 여행 중에 도시 길가에 함석으로 만든 일인용 주택을 보고 나도 모르게 다가가 사진을 찍게 되었다. 겨우 한 사람만 들어가 누울 수 있는 관을 닮은 주택에는 함부로 가택 침입을 하지 못하도록 자물쇠까지 채워져 있었다. 길가에 늘어선 여러 함석집을 보며 가난을 벗어나지 못한 그들의 처지가 우리들이 난리통에 겪었던 고통을 되생각하게 한다.

어찌 보면 호화로운 주택에 목매달며 평생을 허비하기보다는 함석집처럼 적은 공간에서 잠을 자며 유유자적하는 인생도 비둘기처럼 자유스럽게 사는 멋이 깃들어 있어 비참하지만은 않아 보인다. 철학자 디오게네스처럼.

김소경

1986년 『월간문학』 등단

수상 : 제15회 현대수필문학상

저서 : 수필집 『모과나무 곁에서』 『행복이라는 이름의 나무』 『꽃말찾기』

　　　수필선집 『약을 팔지 않는 약사』

E-mail : bluestar215@hanmail.net

01 　어떤 유산

어떤 유산

관악산 자락에 터를 잡은 지 삼십 여년이 넘고 있다. 내 후년이면 사람의 나이로 불혹의 연륜 정도가 된다. 넓지 않은 뜰에 모과며 유실수 몇 그루와 함께 한 세월이다. 초등학생이던 아이들이 성년이 되는 동안, 유실수들도 그만큼 수형을 튼실하게 만들어서 지나는 이들의 찬사를 받는다.

아침이면 뒷산에서 내려 온 산새들이 감나무에서 하루를 열어 준다. 아마도 내 집 뜰이 뒷산 어디쯤인 줄 아는 모양이다. 아이들은 산새들과 눈을 맞추면서 유년을 보낸 셈이다.

하루에 한 번쯤은 산길을 걷는다. 숲속에 들어서면 세월을 함께 한 나무들과 무언의 대화를 나눈다. 어느 연인과의 만남이 이렇듯 한결 같을 수 있을까. 마음이 편안할 때면 그런대로 발걸음이 가벼워지고, 그렇지 못할 때는 그 안에서 위안을 얻기도 한다. 숲속에는 계절마다 소리 없는 교향악 연주가 있고 대 서사시가 있다.

하늘 가린 산길을 걸으면서, 여행지에서 만난 이국의 숲을 떠올려 본다. 도시 한 가운데 있던 베를린의 숲은, 사람의 손이 닿지 않은 원시림 그대로였다. 자연을 아끼고 사랑하는 그들의 국민성이 부러웠다. 핀란드의 울창한 숲과 믿음직한 나무들은 그 자체만으로 기도 같은 모습이었다. 성전이 따로 없다는 느낌으로 걸었던 기억이 잊히지 않는다.

　부족한 내가 문학의 길을 걷고 있는 것도 산그늘 아래서 살아 온 덕이지 싶다. 글이 잘 풀어지지 않을 때 산길을 걷고, 한 꼭지를 마무리하고 밀려오는 나른함을 즐기러 찾아가는 곳이 뒷산이다. 결코 짧지 않은 세월 동안, 내 사유의 길잡이가 되어 주고 내 울음을 다독여 준 숲속은, 유년의 고향이고 어머니의 품이다.

　후일 내 아이들의 기억 속에, 산그늘 아래서의 삶이 곱게 자리한다면 이 보다 값진 유산이 또 있을까.

권남희

1987년 『월간문학』 수필 등단
(사)한국수필가협회 편집주간
덕성여대, MBC아카데미 수필강의
수상 : 제22회 한국수필 문학상, 제8회 한국문협작가상
저서 : 작품집 『그대삶의 붉은 포도밭』, 『육감&하이테크』 등 5권
　　　　수필선집 『내마음의 나무』

E-mail : stepany1218@hanmail.net

바람결에 수굿수굿

　민들레 한포기의 마음도 못 읽어 언제 그가 잎새를 흔들다 꽃을 피웠는지,

　터진 씨앗은 어느 사이 간들바람타고 몰래 날아가 버릴 궁리를 했는지 종일토록 지켜보아도 보이지 않아 도무지 캄캄한 그 때,

　나는 누군가의 꿈이라도 품어줄 온기는 갖고 있었던 것일까.

　봄바람 조짐이 시작되는 습지 어디, 각시붓꽃 허리쯤, 컴컴한 숲속이었을지도 모른다.

　그 곳에는 진즉부터 산바람이 돌아다니고 있었다. 봄의 말들은 꼭 사랑의 싹을 품은 씨앗처럼 조심스럽기만 하여 켜켜이 지층을 만들었다가 눈 깜빡 할 사이 천지를 흔들고 말았다. 일러주지 않아도 보들녹진한 바람결에 쑥덕쑥덕 사랑은 덩굴지고 바람 떠난 그 언저리마다 짝을 맺었다는 미담美談들이 몽글어졌다.

　봄꽃 만나고 가는 바람이 된다면 가볍게 스치고도 천하의 꽃향기를 품을 수 있겠지.

　그 꺾고 싶은 마음 바람은 알아차리고 뒷덜미를 잡아채어 다른 곳으로 떠나고 말겠지.

봄길. 봄 마을, 봄 동산, 봄 바다, 오두막집 마당에도 바람이 지나간 듯 온통 너그러운 풍경이다.

어릴 적 기억 속 보리밭에 일던 봄바람도 꼭 그런 모습이었다.

바람이 지나갈 때마다 소들소들 비영비영했던 풍경은 쓰러졌다 일어나 출렁거리고 마을은 파랗게 살아났다.

그렇게 생색내지 않아도, 오래도록 노래하지 않아도 바람결에 수긋수긋, 바람결에 얼굴 붉히고 바람 지나간 그 자리는 봄의 것들이 활짝 마음을 열고 말아 나를 부끄럽게 한다.

언제 나는 사랑 풍성한 봄바람으로 풀 한 포기 밟지 않은 채 지천에서 고개 드는 봄꽃들을 춤추게 할까.

바람에 흔들리는
저 새벽이슬처럼

새벽 세시 책상에 앉는다.

세상이 잠든 듯 건너편 아파트도 어둠에 묻혀있어 나의 생각에도 이슬내리기 좋은 시간이다.

농부인 아버지를 따라 이른 아침 밭으로 나가면 내 몸으로 떨어지던 이슬이 느껴진다. 열 살 무렵이었을까, 내 키보다 큰 토마토나 오이나무를 건드릴 때마다 떨어지는 이슬을 온 몸으로 받으면 나는 그 물방울이 집에서 퍼 올리던 펌프 물과 어딘지 다르다고 느꼈다. 퍼뜩 정신을 차려야할 만큼 차갑고 투명하고 요란하지 않은 시간의 방울들….

글이 써지지 않을 때는 잡히지않는 생각과 씨름하기보다 편안하게 어둠 속으로 나를 밀어 넣는다. 변두리 외딴 곳 전기도 들어 오지않던 땅에서 아버지의 토마토와 오이 나무들은 밤이 되면 고스란히 어둠을 먹고 새벽녘 이슬을 받았다. 그 토마토와 오이나무처럼 나 역시 어둠의 기운으로 맑음을 챙기는 것이다.

모든 것들이 순식간에 정리되어 책꽂이의 책처럼 꽂혀버리는 새벽,

그 많던 번잡함과 열정이라 착각했던 생각들은 가라앉는다. 어둠 속에서 새로운 빛이 만들어지며 형태를 이루는 것처럼 오직 한 갈래의 길이 열린다. 집중하고 몰입하면서 떠오르는 나의 사고들은 분명 낮의 그 수다처럼 열띤 모습은 아닌 채 정제되어 나타난다. 존재감도 분명하지 않은 낮달처럼 흐리던 사고들이, 나의 언어들이 번개처럼 모습을 드러내는 시간이다.

신의 물방울로 불린 이슬같은 새벽 3시다. 훑어 먹기만 해도 속병이 낫는다 했을 만큼 기운 맑은 가을 이슬을 만나기 위해 묵묵히 앉아있다.

다행스러운 일은 이슬은 돈을 주고 살 수가 없다. 그저 순전히 내 힘으로 만나는 노력을 기울여야 한다. 최고의 시간이 지나면 이슬은 사라질테니 내 손을, 내 가슴을 쥐어짜서 한 방울의 이슬을 얻을 수 있도록 기도한다.

나는 저 법정의 가슴에 귀를 대고 이슬 맺히는 그 시간 한 방울이라도 받아들 수 있다면 늘 깨어 있을 것이다.

최문석

1987년 『월간문학』 수필 등단
국립경상대학교 부교수, 삼현여자고등학교 교장, 경남수필문학회 회장,
경남수필문학상 수상, 남명학 연구원 이사장
저서 : 수필집 『에세이 첨단과학』 『살아있는 오늘과 풀꽃의 미소』 『최문석
시론』 등

E-mail : mschoe3@hanmail.net

노인의 희로애락

노인의 나이 칠십칠세를 희수라 한다. 한자 기쁠 희흡자의 초서체가 닮았다 하여 생긴 이름이지만 인생 칠십이 옛부터 드물다고 말하던 시절에 그 나이까지 살아있다는 것만으로도 기쁜 일임에 틀림없다. 죽어 없어졌다면 어찌 저 아름다운 꽃들을 볼 것이며 아름다운 음악을 들을 수 있겠는가?

그러나 노인이 되어 화나는 일도 많다. 무엇 보다 살아온 흔적이 지워질 때이다. 사람은 크든 작든 살아오면서 목표를 가지고 무언가를 이루고자 노력한다. 노인은 그 살아온 시간이 긴만큼 이룬 일도 많을 것이다. 이유야 많겠지만 젊은 사람들이 그것을 없애려 할 때 화가 난다. 이제 새롭게 무엇을 이룰 수 없는 나이이므로 그 흔적의 지워짐은 자기 인생의 의미가 지워짐을 보는 것이다. 이를테면 마당가에 틈틈이 심어놓은 꽃이며 모아놓은 돌들을 아들이 없애버리고 나무를 심었다하여 잘못된 일은 아닐 것이다. 그러나 그것을 보는 노인의 마음속에는 말 못할 분노가 솟아오른다. 젊은이들이여! 노인이 해놓은 일을 함부로 없애지 말고 보존하며 기념하여라. 그러면 보상을 받을 것이다.

노인은 때로 슬프다. 세상은 급속하게 변해 가는데 그 속도를 따라잡을 수 없을 때 가슴 속에는 슬픔이 차오른다. 자신의 한계를 알면서도 수긍하기가 싫은 것이다.

떠도는 얘기가 있다. 마누라에게서 문자가 왔는데 "자기 언제 들어와"? 하는 귀가독촉이었다. 요즘 좀 실력이 늘어 자신감이 생긴 스마트폰으로 즉시 답을 보낸다. "저녁만 먹고 들어갈게." 그러나 막상 저녁을 급히 먹고 들어간 그 앞에 닥친 마누라의 혼찌검은 뜻밖이었다. 그가 보낸 문자는 "저년만 먹고 들어갈게"였다. 문자의 ㄱ을 ㄴ으로 잘못 눌렀기 때문이다.

노인의 즐거움은 무엇일까? 역시 공자말씀이 맞다. 친구가 있어 멀리서 찾아오면 가장 즐거운 일이다. 죽어 없어진 친구도 많은데 같이 살아남아 옛정을 나눌 수 있는 친구. 희로애락은 시간과 더불어 정으로 변하는 것이다. 그 끈끈한 정이 노인은 가장 즐겁다. 정은 노인을 살게하는 에너지다. 노인들은 배가 고프기 보다는 정이 고프다 한다.

백두산 바람

백두산에는 바람이 있었다.

처음 백두산을 오르던 날 그 바람은 구름을 몰고 와서 천지를 볼 수 없게 했다. 너무도 억울하여 위험하다는 만류도 뿌리친 채 차를 붙잡고 땅을 밟아보았다. 내려오는 길에는 창문 밖으로 펼쳐진 풀과 꽃들이 좋았다. 그리고 나무는 없었다. 아마도 백두산의 바람은 서로 잘났다고 키를 재는 나무들은 수목한계선 밖으로 쫓아내고 온갖 풀들과 꽃들만 옹기종기 모여 살게 한 모양이다. 천지를 못 본 아쉬운 마음을 시원하게 쏟아지는 폭포와 유황냄새와 함께 뿜어대는 온천수에 계란을 삶아 먹는 것으로 달래며 이도백하 쪽의 숙소로 내려오고 말았다.

두 번째 길엔 목적이 있었다. 진주의 망진산에 봉수대를 복원할 때 전국의 유명산의 돌멩이를 가져다가 함께 섞어 넣기로 했다. 한라산 지리산 울릉도 백두산의 돌은 조를 짜서 가져오고 금강산은 통일 후에 갖다 넣을 자리를 비워두기로 했다. 나는 백두산 조에 배당되어 일행과 함께 첫 번째 다녀간 코스대로 백두산에 오르게 된 것이다. 중국 공안원의 감시를 피해 각자가 눈치껏 배낭에 집어넣은 돌멩이를 중턱의 숲속에서 꺼내어 모아놓고 가져간 한복을 갈아입고는 간단한 주·과·포로 제를 올렸다. 어쩌면 이 숲속으로 왜놈들과 싸운 독립군 선조들이 지나 다녔을 지도 모른다는 생각으로 분위기는 엄숙했다. 그날은 백두산 바람이 구름을 쫓아서 맑게 갠 천지를 보여주어 많은 사진을 찍었다.

이번의 세 번째는 서파코스로 올라갔다. 대련 비행장에서 단동을 거쳐 집안의 광개토대왕비와 능을 보고 통화에서 버스로 울창한 숲속을 한참 지나서 일천사백여 개가 넘는 계단을 걸어서 올라갔다. 정상에는 조선과 중국을 가르는 경계비와 햇빛을 받아 빤짝이는 천지가 있었다. 아직도 녹지 않은 눈덩이가 쌓여있는 골짜기 사이로 꽃과 풀들이 있을 뿐 나무는 없었다. 단동과 집안에서 건너다보이는 황량한 북한땅을 바라보면서 백두산 바람이 저 공산당들을 나무처럼 쓸어버리고 백두산에 피어있는 꽃과 풀 같은 죄 없는 백성들이 행복하게 살아가게 할 수 없을까 하는 생각을 하면서 돌아왔다.

한석근

1988년 『월간문학』 수필 등단, 시 등단
경남수필문학회
울산시인협회장, 처용수필문학회장 역임
수상 : 동포문학상, 펜문학상, 영호남수필문학상 등
저서 : 수필집 『봄버들연가』 등 12권, 시집 『문화유적답사시』

E-mail : sh2737@hanmail.net

거필택린 居必擇隣

　젊은 날 신접살림을 차릴 가방을 들고 동분서주 했던 것이 엊그제 같다. 그로부터 시간은 50년이 흘렀다. 직장을 따라 이곳저곳을 떠돌다 보니 마땅히 안착할 곳이 없어서 아무렇게나 생각 없이 살았다. 그러나 나이 들면서 자녀들이 제짝을 찾아서 모두 떠나고 오롯이 둘만 남았다.

　신혼 시절엔 온 밤을 끝없이 팔베개를 하고 도란거렸던 부부였건만, 날만 새면 이제는 각기 다른 곳으로 소일할 곳을 찾아 나선다. 어쩌다 보니 혁신도시에서 이주해 어느 도시나 공통점이 있는 중구로 옮기니, 이웃에 노인들만 남은 낡은 집들만 수두룩하다. 해 저물도록 있어도 어린아이 울음소리 한번 들리지 않는 폐허 같은 적막이 감돈다.

　한때는 도호부가 있던 자리에 100년 넘은 초등학교가 들어서고 경찰서, 군청, 우체국 등 주된 관청이 있었던 중구. 이제 중구는 어느 지방이건 가장 낙후된 도시로 낡은 집들과 좁은 골목길만 지난날의 번영했던 한 단면만 아스라이 증명해줄 뿐이다.

　오늘 아침에도 9시쯤 집을 나와서 어디로 갈까 망설이다 평소에 한번 만나고 싶어 했던 분재하는 친구를 찾아갔다. 둘은 마당에 진열된 분재를 쳐다보면서 소시적 산채山採하던 회상을 떠올리며 오래도록 담소를 나누었다.

돌아오는 길에 학교 옆 언덕길을 오르면서 주위를 살피니 어둑한 길거리에는 늦은 퇴근시간인데도 사람의 그림자가 보이지 않는다. 그때 돌아가신 아버님이 언젠가 하셨던 백만매택천만매린百萬賣宅千萬賣隣이란 말이 떠올랐다. 백만금으로 집을 사고 천만금으로 이웃을 산다는 것을.

내가 사는 동네 이웃에는 말벗이 될 만한 사람이 없다. 그래서인가 늘 갈증 난 목마름처럼 마음이 허전하다. 좋은 이웃은 천만금보다 값진 것임을 뒤늦게 깨닫게 된다.

거필택린. 좋은 이웃을 선택해서 살 집을 정해야 한다는 선인들의 지혜로움을 새삼 되새겨 본다.

곡예승차

두 손으로 초록 잎새를 쥐어짜면 진한 물감이 열 손가락 사이로 툭툭 떨어질 것 같다. 더러는 팔꿈치를 타고 내려 크림색 바지에 녹색물을 흥건히 들일 것 같기도 한 6월이다. 공주의 첫 인상이 정감 있게 가슴에 빌붙는다.

전국대표에세이 문학회원들이 각 지방에서 이곳 공주에서 하룻밤 여장을 풀었다. 그토록 와보고 싶었던 김구선생의 체취가 배인 천년 고찰은 점입가경의 산협이 마음을 사로 잡는다. 어디에서나 느껴지는 한국의 산세는 어머니의 품 넉넉한 젖가슴이며, 누이의 맵시 같은 정감을 주어서 숲길을 걸으면 오욕칠정을 잠시라도 씻게 된다.

뒷날은 면암 최익현 선생의 묘덕사를 참배하고 가벼운 걸음으로 하향길에 올랐다. 서울 회원이 과반수가 넘어서 지방회원들은 저마다 편리한 곳에서 작별의 인사를 나눈다.

"내년에 또 만나요, 안녕!"

회장이 불편함 없이 대전터미널까지 택시를 대절해 줬다. 넉넉히 거금 5만원을 기사에게 쥐어 주며 잘 모셔다 주시라고 살가운 말을 전한다. 출발한 택시는 시속 80킬로미터쯤 평균 속도이고, 그리 늦어 뵈지도 않은 기사는 태평이다.

"좀 빨리 가세요. 3시 차표 예약되었어요."

"예, 차가 최대속력으로 가고 있습니다."

속도판의 킬로미터는 70~80 숫자를 오르락 내리락…. 애가 타서 다시 한 번 독촉을 해도 하세월이다. 곁에 앉은 최문석 선생도 좌불안석인 듯 좀 더 빨리 가자고 채근한다. 대답은 "예"일 뿐 속력은 그대로다. 애태움속에 저만치 대전터미널이 보이고 시계는 오후 정각 3시이다.

"이봐요, 여기 차 세워요."

요금판에 24,000원이 찍혔다. 나머지 돈 달라니 막무가내이다. 고얀 사람, 시비할 사이도 없이 저 만큼 빠져 나가는 울산행 버스를 향해 잽싸게 도로를 가로질러 뛰었다. 하마터면 택시에 부딪칠 뻔 아찔한 순간을 겪었다. 버스는 신호대기로 4거리 대로에 섰다. 정신없이 세차게 문을 두드리니 고맙게도 문이 열렸고, 빨려들 듯 안으로 몸을 던졌다.

"휘, 고맙습니다."

"죽일놈, 택시기사 한놈이 공주 이미지를 다 버려놓네."

혼자 중얼거리며 그래도 고마운 버스기사 때문에 겨우 나쁜 인상을 지울 수 있다. 긴장이 풀리니 홍수처럼 피로가 밀려들어 곧 잠들었다. 깨어보니 어느 사이 차는 구미를 지나고 있다.

이은영

1990년 『월간문학』 등단, 2012년 『문파문학』 시 등단
조선여자대학교 의상과 졸업
한국문인협회, 한국수필가협회 회원
수상 : 서울찬가 최우수상, 동포문학상
저서 : 수필집 『이제 떠나기엔 늦었다』

E-mail : 3050rose@hanmail.net

호수를 바라보며

호숫가에 서면 더욱 그리운 내 동생.

바로 아래 터울인 남동생이다. 어려서부터 손 잡고 같이 외갓집도 가고, 할아버지 댁에도 자주 갔다. 할아버지가 새벽5시면 깨워 가족예배를 드리고 양유를 따끈하게 끓여 치즈를 가운데 넣은 찐빵을 주시고 후식으로 우물가에서 복숭아도 따주셨는데 우리는 그 맛을 잊을 수 없다.

"나누어 가져라."

하고 할아버지가 용돈을 주시면 4대 6으로 나누어도 누나이기에 고개 끄덕이며 참아주던 착한 내 동생.

아버지 저세상으로 가신 후 이번엔 동생들을 앞세우고 어머니는 마지막 여행이라고 생각하며 뉴질랜드로 가셨다. 어머니와 아름다운 자연 속에서 정을 나누고, 맛있는 음식도 함께 먹고, 야외온천욕을 즐기기도 하였다. 한인교회에 가서 친목도 쌓으며 사랑을 나누었다고…. 동생이 나에게 보여주기 위해 CD로 만들어 동영상을 보내 왔다. 영상들을 보며 거기에 내가 없었음이 무척 후회스러웠다.

얼마 전 한국에 나온 동생과 함께 우리부부는 필리핀과 일본 등을 여행했었다. 동생은 노래도 잘 부르고 그림도 잘 그리고 외국어도 잘하여

이은영

참 부러웠다. 한국에서 모회사 무역부장으로 있다가 뉴질랜드가 좋아서 아이들 어릴 때 이민을 갔는데, 낚시와 스쿠버다이빙을 좋아하고 조용한 곳을 좋아하는 동생에겐 뉴질랜드가 살기에 최상인 것 같다. 동생의 아내가 관절이 안 좋아서 추울 땐 온천지역에서 오래 머물기도 하고 동생은 오토바이를 타고 혼자서 훌쩍 여행을 잘 떠난다. 언제나 가지고 다니는 화첩에 그림이 아름답다. 동생은 색깔 고운 수채화를 그린다. 우리 형제들 집에는 화가인 여동생 은희의 그림과 뉴질랜드 남동생의 그림이 집집마다 걸려 있다.

뉴질랜드는 천국처럼 아름답고 조용하다. 큰 욕심이 없는 사람들 같다. 동생은 저희들이 사는 것은 만족하지만 어머니와 형제들 때문에 늘 마음에 걸린다고 한다. 조용하고 평화롭던 뉴질랜드 크라이스트처치에는 전에 없던 지진이 가끔 강진의 공포를 몰고 왔다. 그럴 때면 한국에서 사는 우리들도 동생네와 조카가족들 때문에 초조함을 숨길 수 없다.

외로울 땐 호숫가에 나가 조용히 서서 노래를 실컷 부른다는 동생. 호수를 보면 동생이 보고 싶다. 형제 모두 헤어지지 않고 함께 살고 싶다. 천국에 계신 아버지만큼 먼 저쪽 끝에서 내가 겨울일 때 여름을 맞아 크리스마스에는 체리나무 열매를 먹고, 내가 여름일 때 추운 겨울을 맞이하는 내 동생이 멀리 있어 더욱 보고 싶다. 오늘도 내 동생은 호숫가에 나가서 우리를 향해 조용히 노래를 부르는가.

대표에세이

컴퓨터와 내 동생

남동생이 뉴질랜드에서 왔다. 작은 옷가방 하나와 컴퓨터 노트북 하나 들고…. 보고 싶었던 동생이 사경을 넘나들다 살아왔기 때문에 동생을 놓치지 않고 따라 다녔다. 식사도 하러 다니고 영화도 같이 보고 여행도 했다. 은희의 화실 〈작업실〉도 함께 갔다.

동생은 한국에서 회사 다닐 때 홍보일을 했기 때문에 역시 실력이 줄지 않았으며 그림에 소질이 있어 동생 작품에 대해 조언도 해주고 부족한 화구들을 챙겨 주었다. 여행을 다니면서 수채화를 그리고 스케치를 계속하며 원하시는 분에게는 인물 초상화도 그려주어 동생은 인기가 참좋다.

병환으로 입원하신 어머니는 큰아들과 만남의 시간이 너무 꿈같다고 좋아하셨다. 사람은 그 어떤 의술로도 또는 미용으로도 다시 젊어질 수 없으며 헤어진 옷을 꿰매면 다시 처음처럼 되지 않는다. 동생은 어머니 곁을 떠나지 않고 함께 지켜주고 우리 형제들 모두 동생과 함께 울고 웃으며 어머니 곁에서 옹기종기 모여 있다.

밤에는 한사람씩 돌아가며 엄마 곁에서 간병하기로 했다. 주일에는 하나님께 조용히 기도하고 아버지를 그리며 생각하시려고 어머니는 우리 육남매를 낳으셨나보다. 엄마가 주무시면 우리도 조용히 누워 새우

잠을 같이 자고 밥 드시면 엄마곁에 상을 펴고 잔치하듯 음식 펼치고 함께 먹었다. 올림픽이 열린 기간 내내 병실에서 금메달 따는 선수에게 환호를 보내고 아슬아슬했던 경기 종목을 보며 가슴 졸였다. 스릴을 즐기고 막판의 드라마 같은 통쾌함을 하나도 놓치지 않았다. 작은 나라 작은 체구의 사람들인 우리 대한민국인의 끈기와 집념은 더 자랑스럽고 뿌듯했다. 멀리 이민 가서 살고 있는 동생에겐 조국과 민족의 긍지가 더욱 소중하고 통쾌하였으리라.

동생이 컴퓨터 노트북을 들고 나가서 병실 아래층으로 갈 때에는 심심해도 기다려줘야 했다. 그는 노트북으로 뉴질랜드 딸과 일본에 있는 아내와 딸을 화상으로 만나 대화하고 교인들과 소식을 나누고, 비지니스를 하고, 메일을 보내고, 영화를 보고, 디스크에 사진을 저장하고, 동영상과 사진을 보내곤 했는데 새삼 그의 재주와 가족 사랑과 깊은 신앙심과 친구와의 우정에 놀랐다. 기타 치며 노래로 전도활동과 취미활동도 한다고 했다.

세상은 컴퓨터 세상이고 한 손에 세상을 들고 다니며 세계 각국과 대화를 하고 우주 만물을 한 공간에 앉아 두루 두루 통찰하며 섭렵하는 컴퓨터의 세상은 놀랍다. 아마도 우리 인간은 귀신같은 컴퓨터를 만들어서 우주를 안고 살지만 그 컴퓨터에 의해 작은 공간에 묶여 불행을 자초하고 있는지도 모른다. 노트북 하나 들고 세계 어느 곳에서도 보고 싶은 사람과 대화를 할 수 있고 소식을 전하고 받으며 궁금한 모든 정보를 얻을 수 있으나 손바닥 안에서 세계 어느 곳으로도 숨을 수 없는 알 수 없는 강력한 힘이 우리의 목을 조여 오면 어쩌나. 컴퓨터의 작동을 모르는 컴맹이라 하여 그 위력과 재난을 피할 수는 없을 것이다.

김사연

1991년『월간문학』등단
현 인천시궁도협회장, 인천문협 이사, 전 인천시약사회장, 전 인천문협부
회장, 전 학산문학 편집위원, 전국약사문인회 경인지부장 역임.
수상 : 한국수필문학상, 한국문협작가상, 약사공론사 약사문예 생활수기
당선, 약사문예 수필 가작, 제1회 약국수기 특별상
저서 : 수필집『그거 주세요』『김약사의 세상 칼럼』외 3권

E-mail : sayoun50@hanmail.net

명량과 국궁

관람객이 1천3백만 명을 훨씬 넘어섰다는 매스컴 보도를 접한 후에
야 영화 '명량'을 감상했다. 바쁘다는 핑계로 그냥 지나칠 수 있었는데
졸작이라느니 고증과 맞지 않는다는 등 혹평 때문에 호기심이 더 발동
했는지도 모른다.

심지어 이순신 장군의 12척 함선이 130척의 일본 함대를 물리친 기록
조차 부정하려는 이들도 있지만 '명량'을 향한 발길은 그치지 않고 있다.
그 이유는 영화를 통한 감동과 대리만족이 목적이지 역사 기록이나 촬
영 기법을 확인하러 간 것이 아니기 때문이다.

지구상엔 종교적인 이유로 돼지고기를 기피하는 민족이 있는가 하면
소를 우상화 하는 종족이 있듯이 세계 유수의 영화제 입상작이 아니더
라도 국가마다 국민의 정서에 맞는 영화는 따로 있는 법이다.

당시 왜적으로부터 6년간 침략에 시달린 백성들은 물론 병사들조차
전쟁의 공포에 사로잡혀 있었기에 이순신 장군은 군율을 지엄히 다스려
공포를 용기로 전환시키기 위해 탈영병의 목을 손수 베었다. 이를 두고
비평가들은 사록에 그런 내용이 없고 충무공의 온화한 인품으로는 그럴
수가 없다고 주장한다.

하지만 장군에 관한 일거수일투족이 모두 기록으로 남아있을 수는 없고, 고증의 진위를 떠나 관객들은 이 시대 군부대에서 벌어지고 있는 각종 범죄 행위와 기강 해이에 대한 일벌백계를 '명량'을 통해 요구하고 있는 것이다.

또한 "무릇 장수된 자의 의리는 충忠을 쫓아야 하고 충은 백성을 향해야 한다. 백성이 있어야 나라가 있고 나라가 있어야 임금이 있는 법"이라는 충무공의 한 마디는 여야 정치인에게 던지는 국민들의 경고이기도 하다.

왜군 '구루지마'의 부하인 '하루'는 이순신 장군의 작전회의 소집을 알리는 초요기를 게양하는 우리 수군을 '아다케부네'의 누각 위에서 화승총으로 계속 저격하지만 결국 조선의 화살에 눈을 맞고 쓰러진다.

혹자는 고증에 선상 백병전은 없었을 것이라고 했지만 우리 수군은 배로 진입한 '구루지마'에게 화살을 퍼부었고 장군이 그의 목을 베는 장면은 요즘 일본 '아베' 총리의 망언에 대한 단죄를 보여주는 듯해 대리만족을 느낄 수 있었다.

이 영화에서 왜적의 주 무기는 화승총이었고 우리 수군은 신기전(다연장포), 비격진천뢰(박격포), 대장군전(로켓포)이었지만 활과 화살은 여전히 나라와 백성을 지키는 최종 병기였다.

해마다 9월 13일이면 내가 회장을 맡고 있는 인천시궁도협회는 국가방위의 소중함과 9.15인천상륙작전을 되새기는 전국남여궁도대회를 인천광역시 후원으로 3일 동안 개최한다.

이번 행사를 통해 궁수는 화살이 빗나가면 과녁을 탓하기보다 자신을 돌아보고, 활은 술 마시고 노는 한량閑良의 액세서리가 아닌 이순신 장군의 애국심이 깃든 최종병기라는 진실을 알리고 싶다.

굴뚝 없는 관광산업

최근, 옹진군 내 한류 관광명소로 유명한 '풀하우스'와 '슬픈연가' 세트장이 철거되거나 방치된 채 폐허화했다는 기사가 영화팬들의 마음을 아프게 하고 있다.

시도 수기해수욕장을 찾는 관광객들은 물론 한류 관광객들의 필수 코스였던 풀하우스 세트장은 철거되어 텅빈 주차장으로 변했고, 슬픈연가 세트장은 유리창이 깨지고 건물을 단장한 페인트가 벗겨져 흉물이 되었다고 한다.

그 결과 지난 2001년에 10만 7천명이었던 옹진군 북도면 관광객의 수가 드라마 종영 후 20만 명을 넘어섰고, 지난해에는 39만 명으로 증가했지만 이제는 한류 관광객의 발길이 거의 끊어진 상태다. 옹진군은 개인 사업자가 입장료를 받기 때문에 유지·보수를 해 줄 수 없다는 입장이다.

2002년에 방영된 '겨울연가'의 촬영지인 강원도 남이섬은 계속 관광 콘텐츠 개발과 투자에 힘을 기울여 지금도 입장객의 30%가 한류 관광객들인 반면에, 수억 원 이상을 들여 옹진군 시도에 펜션을 지은 건물주들은 빚더미에 올랐다고 한다. 수입만 염두에 둔 채 세트장 관리에 투자를 소홀한 개인 사업자들의 자승자박이 아닐 수 없다.

이와 대조적으로 인천 남동구는 올해 18억 7천여 만원의 예산을 들여 아시안게임이 열리는 9월 이전까지 과거에 수인선 협궤열차가 다니던 소래철교에 협궤열차 모형을 전시하고 수상 분수와 야간 조명을 설치하는 등 관광 명소로 개발한다고 발표했다. 이를 위해 지난해 3월, 9억 1천여 만원의 예산을 투입해 한국철도시설공단으로부터 소래철교 시 경계 구간과 인근 토지를 매입했다. 남동구가 이토록 관광 상품화에 적극적으로 나서는 이유는 주말마다 소래포구를 찾는 수만 명의 관광객들에게 좋은 추억 거리를 심어줌으로써 다시 방문하도록 하기 위함이다.

반면에 126.5m 길이의 소래철교 중 68.5m를 소유하고 있는 시흥시는 월곶에 불법 주차를 하고 소래포구로 건너가는 관광객들로 인해 교통 혼잡과 쓰레기 범람의 피해를 보고 있다며 관할 지역의 소래철교 입구를 폐쇄한 적도 있었다. 남동구가 수명을 다해 폐물이 된 소래철교를 보물단지로 여기는 반면에 월곶의 일부 상인들은 애물단지로 여기며 차라리 철거했으면 좋겠다는 푸념을 했다.

관광객 증가로 지역의 관광 상권을 활성화 하고 지방세 세수를 증대시키려면 지방자치단체장과 지역 상인들은 생각의 발상을 바꿔야하지 않을까. 오래전 진해 벚꽃 관광을 하며 진해시는 왜 전국에서 몰려온 수많은 관광 차량들의 매연만 마시고 관광객들이 잠시 버스에서 내려 주머니를 열 수 있도록 관광 코스를 개발하지 않는지 안쓰러웠다.

태국을 방문하는 관광객은 반드시 궁전을 관람토록 하고 일본의 관광 상품 판매소에서 화장실을 가려면 수많은 점포를 거치도록 맨 끝에 설치한 이유를 지방자치단체장들이 깨달았으면 좋겠다. 관광은 굴뚝 없는 산업이기 때문이다.

정인자

1991년 『월간문학』 등단
한국문인협회 회원, 남도수필 회원
수상 : 대한문학상
저서 : 수필집 『해 돋는 아침이 좋다』

E-mail : jijydh@hanmail.net

기도

　비몽사몽간에도 귀의 촉수를 최고로 높여 남편의 기척을 더듬는다. 행여 마누라 깰세라 남편은 고양이 발걸음으로 출근 준비를 서두르지만 그의 동선은 이미 내 머릿속에 환히 그려지고 있다. 건강을 잃고 약에 의지하면서 취침과 기상을 내 의지대로 할 수가 없다. 아무리 꼭두새벽이라도, 수 십 년 기꺼이 그의 아침 밥상을 차려주었는데….

　국을 데우는지 찰칵 가스랜지 켜지는 소리, 반찬은 겨우 한두 가지 내놓고? 그릇에 숟가락 스치는 소리, 어느새 식사가 끝났는지 가늘게 수도꼭지 틀어놓고 설거지 하는 소리, 잠시 정적이 흐르는가 싶더니 이윽고 현관문이 열리고 닫히면서 스르르 열쇠 감기는 소리가 났다.

　그때서야 한스러운 꿈에서 깨어나듯 화들짝 눈이 떠졌다. 시계는 일곱 시 반, 동이 틀 시각이다. 삼십 분 동안을 미동도 하지 않고 누워 있었다. 외로움, 서글픔, 육신을 내 맘대로 할 수 없는 사슬 같은 병에 대한 분노. 백퍼센트가 아닌 절반일지라도 감사 운운하며 받아들였던 일상이 거센 풍랑을 만난 듯 뒤집어지고 엎어지며 가슴에 생채기를 내고 있었다. 병원에 있을 때가 차라리 나았어! 홀로 병을 이겨내고 아침을 챙겨 먹어야 한다는 사실이 오늘따라 왜 이렇게 힘든 걸까. 무겁게 짓누르는 적막감에 숨이 멎을 것만 같아 이불을 박차고 거실로 나왔다. 아, 그런데 눈이 내리고 있었다. 거실의 통 유리창 가득히 함박눈이 사뿐사뿐 내리고 있었다. 그때였다. 핸드폰에 띵하고 문자가 들어오는 신호음이 들렸다.

"용기를 내어라, 나다, 두려워하지마라." 마르6,50.
주님! 안젤라(세례명)와 가족 더 뜨겁게 사랑하소서!

글벗 'ㅈ'이 일 년 가까이 날마다 성서의 구절을 달리하며 보내주고 있는 기도문이다. 문득, 어디에선가 읽었던 '사랑'이란 시 한 구절이 머리를 스쳤다. 나뭇잎이 저리 흔들리는 것은/지구 끝에서 누군가 어깨를 들썩이며 울었기 때문이다…. 고백하건데 그 기도문을 건성으로 읽을 때도 참 많았다. 눈은 내리고 마음은 잿빛인데, 누군가가 어깨를 들썩이며 기도해주고 있다는 정성에 그날처럼 감복했던 적은 없었다. 기도는 신앙의 꽃이라던가. 덕분에 건강을 많이 회복했다, 이제는 서툰 내 기도 안에도 그녀가 있고, 투병하고 있는 그녀의 남편까지 살며시 다가와 있다.

등수 매기기

핸드폰이 스마트폰으로 바뀌면서 편리한 게 한두 가지가 아니다. 그 중 한 가지가 사진을 찍어 갤러리란 코너에 저장해 아무데서나 손쉽게 볼 수 있다는 점이다. 어느 날, 남편이 자신의 갤러리 사진을 슥슥 넘길 때 내 시선을 사로잡는 여인이 있었다.

내 또래의 여인이 굳은 표정으로 서 있었는데 배경은 숲과 바다가 어우러진 곳이었다. 순간 내 마음 속에 미묘한 질투가 꿈틀했다. 남편과의 사이에 절대 좁혀질 수 없는 어떤 간극이 있다는 것을 새삼 느꼈다. 아직도 나는 남편에게 2등인가? 그 여인은 다름 아닌 시어머님이었다. 고인이 된 지 십년도 넘은 분이고, 나와 가족으로 33년을 살다 93세에 돌아가셨다. 남편은 나보다 더 오랜 58년을 함께 살았던 분이다. 더구나 남편에겐 꿈에도 잊히지 않는, 부르기만 해도 목이 메는 그 이름 '어머니!'이다.

그러나 며느리는 한 마음일 수가 없는 걸 어찌하랴. 살아 돌아오신다면 볼 부비며 진심어린 포옹은 할 순 있어도, 함께 했던 그 세월을 다시 살라 하면 고개를 저을 것이다. 그러기엔 나도 늙었고, 이미 많은 자유를 맛보았기 때문이다. 남편의 갤러리엔 손자, 손녀, 나와 함께 했던 사진도 즐비하다. 그런데 왜 치졸하게 등수를? 남편은 얼마 전 사진첩 정리를 열심히 하는 것 같았다. 그 중에서 가장 잘나왔다고 생각되는 어머니 사진을 골라 스마트폰으로 재촬영해 저장한 것이다.

남편은 홀어머니의 막내이자 외아들이다. 결혼 전까지 어머니와 한방을 쓰다 결혼 후 내 곁으로 잠자리를 옮겨왔다. 생각해보면 내가 1등일 때도 있긴 했다. 젊은 시절 남편의 직장 때문에 자주 떨어져 살았을 때다. 그 시절은 지금처럼 교통, 통신수단이 발달하지 못했다. 남편은 지갑 속에 큰 딸아이를 안고 있는 내 사진을 부적이나 된 듯 간직하고 다녔다. 아마 그 때는 모르긴 해도, 시어머님께서 2등이 되었다는 섭섭함에 남모르게 눈시울을 훔칠 때도 있지 않았을까.

요즘 친구들 사이엔 묻힐 묘 장만한 게 자랑이다. 시어머님은 선산을 마다하고 유언대로 자주 다니시던 절 뒤에 재로 뿌려졌다. 그 후, 곧 우리 차례가 닥칠 것만 같아 덜컥 어느 성당의 납골묘를 분양 받았었다. 며칠 전 남편을 슬쩍 떠보았다. 당신은 어머니 곁으로 가고, 나는 내 부모님 묻힌 고향으로 가고 싶다고. 일순 남편 표정에 싸늘함이 스쳤다. '맘대로 해!' 퉁명스럽게 쏘아 붙인다. 슬며시 한 계단 올라 시어머님과 나란히 서 본다. 어머님! 며느리가 사진 속의 어머님만큼 나이가 들었는데도 이렇게 철이 없는 걸 어쩌지요?

박영덕

한국문인협회, 국제펜클럽, 수필문우회 회원,
광주문인협회 수석부회장, 용아문학회 부회장, 계간 『대한문학』 편집국장
한국문학사 편찬위원, 예술광주 편집위원, 어등골문화 편집위원
수상 : 광주예총문화예술대상, 현대그룹문학상, 광주문학상. 대한문학상
저서 : 수필 『달개비꽃에는 상아가 있다』. 공저 『우리들의 사랑법』 등

E-mail : pyd9602@hanmail.net

오래된 상처

닭백숙 추렴을 하면 제일 먼저 달려들어 닭다리를 뜯어 가는 동료가 있었다. 눈치코치 없다는 말은 그녀를 두고 생겨난 말 같았다. 그런데 자리가 파해 신발을 찾아 신고 나면 어느새 그녀가 계산을 끝낸 후였다. 본래 추렴이란 모든 것이 공평해야 하는 법, 두 개뿐인 닭다리를 냉큼 독차지하고서는 양해도 없이 닭 값을 불쑥 내민 셈이니 일행들은 늘 떨떠름하지 않을 수가 없었다. 조석으로 얼굴을 보는 허물없는 사람들과의 자리라지만 빈번한 행태는 귀가 후 전화기에 불을 붙이는 뒷 담화 감으로 손색이 없었다. 급기야 한 동료가 용감하게 우리들의 뒷말을 귀띔했더니 그녀는 사과와 함께 오래된 상처를 털어놓았다.

다도해 작은 섬 출신인 그녀는 중학교에 진학하면서 도시 친척 집에서 더부살이 하게 되었다. 일종의 유학인 셈인데, 그 집에서는 그녀가 잠이 들고 나서야 맛난 음식을 해 먹곤 했다. 한창 나이가 아닌가. 다른 음식 냄새에도 목이 미어지도록 군침을 삼켜야 했지만 고소한 닭백숙 냄새야말로 견디기 어려운 유혹이었다. 문밖 저편에서 은밀히 벌어지는 닭백숙 파티가 너무 서럽고도 부러웠던 그녀는 그때부터 닭고기는 무조건 '내 것'이 되어야 한다는 강박관념이 생겨났다. 누구든 눈총 받을 만

74

한 행동 뒤에는 다 이유가 있게 마련이다. 음식은 한 예에 불과할 뿐, 인간의 깊은 무의식 속에는 된비알 같은 힘겨운 삶이 주는 옹이와 생채기가 새겨져 있게 마련인가 보다.

어려서 받은 학대가 얼굴에 아로 새겨져 있을 리 없고, 가슴 깊은 곳의 서러움을 남들 눈에 띄게 드러내는 사람도 극히 드물다. 그러나 마음속에 생긴 상흔과 멍울도 육신의 상처와 다르지 않다. 상처를 치유하려고 가능한 모든 방법을 동원해 보지만 흉터는 쉽사리 가시질 않는다. 어찌 다른 사람 얘기만 하겠는가. 내 의식의 바닥에도 언제 또 어떤 것이 마음의 옹이가 되어 가라앉아 있을는지 모를 일이다. 그것이 나도 모르는 새 불쑥 솟구쳐서 누구가의 마음에 또 다른 옹이로 남진 않았는지…. 위인이 해망쩍다 보니 글 쓰는 동안 새삼 걱정이 쌓여 오래된 상처들을 헤집어 본다.

트라이앵글

새 한 마리 혼자서 바다로 날아간다.

가슴에 저녁 햇살을 받은 채, 해 저무는 수평선으로 천천히 천천히 날아간다. 저 혼자서 캄캄해지는 바다와 맞서려는 건가. 아니면 아예 망망한 바다 위에 기꺼이 내려앉으려는 걸까. 살아 있는 모든 것은 본래 혼자일 뿐이다. 하지만 '나'는 외롭다.

새 두 마리 바다로 날아간다.

함께 날아가는 것 같기도, 따로따로 날아가는 것 같기도 하다. 둘이라는 실체는 정말 존재하는 것일까. 아니면 하나만이 존재하고, 둘이란 그 하나의 중첩에 불과한 것일까. 분명한 것은 내가 너라고 부를 때, 너라고 부르는 나는 너의 너인 것이다. 그래서 '너'와 '나'는 같은 말이어야 한다.

새 세 마리 바다로 날아간다.

'너'와 '나'가 '그'를 이룬다. 각자의 일인칭을 거느리면서 삼인칭의 공간을 날아간다. 하나 또는 둘일 때는 없었던 조화를 빚어낸다. 한 마리 새가 높은 목청으로 울기 시작한다. 다른 한 마리 새가 따라 운다. 나머지 새도 목청껏 함께 울어댄다. 장막을 찢는 맑고 높은 소리, 트라이앵글 소리 닮았다. 트라이앵글이 빛나는 것은 베토벤 교향곡 9번뿐 만이 아니다.

새들의 울음, 바다에 가득 찬다.

윤영남

1992년 『월간문학』 수필 등단, 2003년 『좋은문학』 시 등단
숭실대학교 평생교육학 박사 교수, 콩코디아 국제대학교 평생교육원장,
국제펜클럽, 한국문협, 한국수필가협회 이사
수상 : 선사문학상
저서 : 수필집 『또하나의 시작』 외 공저 다수 및 논문집

E-mail : 2000yny@hanmail.net

가족사진

한 동안 다섯 식구가 살았다. 애들이 혼기를 맞아서 떠나기 전에는. 큰 딸과 작은 딸을 시집보냈고 , 드디어 막내아들까지 장가를 갔다. 거실에 걸린 가족사진은 여전히 여고생 딸들과 중학생의 아들이 우리 부부와 함께 찍은 모습이다. 그 옆에는 막내의 결혼식에서 찍은 사진도 있다. 우리 부부 사십 년의 결혼 생활로, 이젠 열두 명의 전체 가족들이 환하게 웃음꽃을 피워냈다. 세월의 흔적인 듯 성장하여 분가한 큰 딸네 가족들 다섯 명과 작은 딸 내외, 아들 며느리와 손녀까지.

얼마 전, K화가의 개인전에 초대를 받았다. 그녀는 수필을 쓰며, 숨은 사랑을 그려내는 가슴이 따스한 화가다. 그녀는 감성과 인성에 따스함이 묻어나는 나팔꽃 다섯 송이로 우리 가족들에게 새로운 아침을 선물했다. 싱그러운 꽃잎은 진초록의 잎사귀 사이로 고운 여백을 통해 사랑의 속삭임을 전하는 듯하다. 그림의 밑에는 이렇게 쓰여 있다. '기쁨의 또 다른 이름'이라고.

가족사진에서 식구 숫자는 점점 늘어났다가, 어느새 멈추기도 한다. 정원庭園에 핀 꽃처럼 정원定員을 채웠다가 꽃씨를 품고 핵가족으로 독립하니까. 저마다의 가족이란 어디 정원定員이 있겠는가. 하지만, 묻어나는 사랑으로 함께 지내오다가 흩어지고 나면, 모두가 추억의 주인공이 될 수밖에.

문득 선물 같은 오늘, 기도하는 마음으로 가족사진 앞에 앉아본다. 그런데 왜일까? 내게는 다섯 송이의 나팔꽃만 선명하게 다가온다. 펼쳐진 꽃잎마다 웃음꽃이다. 설렘의 아침을 열어주던 기도로 세 자녀와 남편과 나의 옛 모습이 아닌가. 숨겨진 추억 속으로 향수가 느껴진 탓이리라. 마치 이슬 머금은 그 꽃들이 젊은 날의 우리 가족인 양.

윤영남

내 몫의 사랑

관심을 갖는 것도 저마다의 몫이다. 사랑의 반댓말은 미움이 아니라, 무관심이라는 말이 생겼다. 그만큼 현대인들의 관심영력이 제한적인지도 모른다. 관심을 조금씩 갖고 보면, 요즈음 비슷한 사람도 많이 보인다. 성형 수술을 들추지 않아도 기성복 같은 모양새를 자주 본다. 하지만, 관심이 머무는 곳은 다르다.

그래서인가. 친구를 만났는데, 다짜고짜 내게 물었다. 조폭과 아줌마의 닮은꼴을 아느냐고. 조폭들이 칼을 자주 쓰며, 문신을 하고, 떼를 지어 다니듯, 아줌마들도 그렇다고 웃겨댄다. 부엌에서 칼로 요리를 자주하며, 눈썹과 입술에 문신을 하고, 때마다 몰려다닌다는 우스운 비유다. 얼마나 관심을 갖고 면밀히 파악했는가. 흡사한 듯하니, 저절로 웃음이 나올 수밖에 없었다.

그렇다면, 양치질과 화장실청소는 어떠냐고 내가 친구에게 반문했다. 양치질은 치석을 제거하며 충치를 막기 위해 청결하게 치아와 잇몸을 보호하는 행위이리라. 입안은 웬만큼 관리하지 않으면, 냄새와 충치가 생기니까. 물론, 매일 사용하는 화장실도 관리에 따라 세균과 냄새가 번진다. 관심의 농도를 되짚어보는 것이리라. 누구라도 구석마다 끼는 물

80

때로 더러운 화장실을 입안만큼 철저히 관리 할 수야 있겠는가.

막내딸은 친정에 올 때마다 화장실 청소는 맡아 놓곤 한다. 내가 게으른 탓일까. 궁금했다. 수의사가 직업인 그녀에게서 동물의 수명과 치아가 밀접한 관계가 있으며, 그 배변으로 건강상태를 파악할 수 있다는 상세한 설명을 듣기 전에는….

이젠, 내가 서둘러 화장실 청소를 먼저 하는 이유도 생겼다. 특별한 관심은 특별히 대처해야 하지 않겠는가. 화장실 구석마다 낀 오물을 씻어내며, 내 삶속의 불결함을 재점검하고 청결함도 놓치고 싶지 않다. 엄마의 입안도 천장까지 입속으로 치간 칫솔을 사용해서 청결히 해야지, 오래 건강할 수 있다는 딸의 잔소리를 다시 듣지 않기 위해서다. 그 관심 또한 감당해야 할 내 몫의 사랑이니까.

류경희

1995년 『월간문학』 등단

한국문인협회, 국제펜클럽, 충북수필문학회 회원, 세종데일리 편집국장

수상 : 청주시 문화상, 연암문학상 대상, 청주문학상, 함께하는 충북대상,
지속 가능 발전 공로상 등

저서: 『그대 안의 blue』 『세상에서 가장 슬픈 향기』 『소리 없이 우는 나무』
, 『즐거운 어록』 外 공저 다수

E-mail : queenkyunghee@hanmail.net

불알 한 말

불알, 의학적으로 건조하게 말하자면 포유류 수컷의 생식 기관이다. 남성성기의 한 부분을 지칭하는지라 여자들에겐 아무래도 쑥스럽고 조심스럽지만 남자들은 스스럼없이 입에 올리는 이중적 성격의 단어이기도 하다.

그래서인지 남자들이 입을 통해 나오는 불알은 참 인간적이며 친근하게까지 들린다. 특히 어릴 적 같이 놀던 친구를 소개할 때 빛이 난다. "내 어린 시절 한 동네에서 같이 자란 친구입니다" 보다는 "내 불알 친굽니다"란 표현이 귀에 착 붙는다. 화끈하고 맛깔스럽다.

여성에겐 가당치 않은 비유가 '불알친구'인지라 비슷한 것이 없나하여 여기저기를 눈 동냥하다 '젖 자매'라는 야릇한 말이 있다는 것을 알게 됐다. 서양에서 건너온 단어인데 정확한 표현은 'breast friends'였다. 첫 가슴가리개를 할 때부터 알던 친구, 즉 유방이 겨우 생기기 시작할 때부터의 친구라는 뜻이란다.

그런데 서양 여자들도 이 말엔 질색을 한다고 한다. 그 심정 충분히 공감이 간다. '젖 자매'라니, 성희롱을 당한 듯 더러운 기분이 들고도 남을 것이다.

옷을 벗어야 드러나는 물건이다 보니 빈털터리를 빗댄 말로 유독 불알이 희생되는 것 같다. '두 쪽만 가진 인간'이라거나 '두 쪽 밖에는 없다' 등 수없이 불알을 난처하게 들먹이는 표현들에 대해 미안한 마음을 가져야 하지 않을까 실없는 생각을 해보기도 했다.

그런데 개인적으로 남의 물건에 큰 실례를 한 적이 있다. 한 이십여년 전이니 얼굴에 제법 복숭아 빛이 돌 때의 일이다. 사건이 벌어진 그날 아파트 앞 도로에 장이 섰다.

일 없던 차에 구경삼아 장마당을 살피다 잘 생긴 햇고구마가 초가을 볕에 붉은 살색을 자랑하고 있는 것을 발견했다. 작정하고 고구마 무더기 옆에 앉아 물건을 살피는 나에게 고구마를 팔러 나온 아저씨가 "좀 드릴까요?" 말을 건넸다.

"네." 선선히 흥정을 하려 아저씨 쪽으로 고개를 돌렸는데. 아뿔싸. 쭈그려 앉은 살집 좋은 아저씨의 반바지 가랑이 사이로 불거진 '거시기'가 적나라하게 한눈에 들어왔다. 늦여름 더위에 속옷 갖춰 입기를 생략한 불찰이었을 것이다. 당황한 젊은 여자 손님의 흔들리는 눈빛과 시선이 마주치자 난처한 사태를 감지한 아저씨가 황급히 자리에서 일어나며 다시 어색하게 물었다.

"얼마나 드릴까요?"

"불알 한 말이요"

저도 모르게 럭비공처럼 튀어나온 망발이다. 머리로 생각한 고구마대신 눈 속에 남아있는 불알을 뱉은 방정맞은 입을 가리고 혼비백산 장바구니를 던진 채 도망을 칠 수 밖에 없었다. 한동안 나는 위기상황에서 제대로 반응치 못했던 둔하고 명청한 신체기관들을 저주하며 자책의 시간을 지내야만 했다.

울고 싶도록 민망했던 상황을 웃으며 이야기하게 됐다. 연륜의 힘이다. 그런데 그 날 그 아저씨, 고구마장사는 제대로 하셨을까.

어머님과 시에미

시어머님은 무학의 시골태생이었다. 겨우 당신과 자식들의 이름 정도를 어설프게 그리실 줄 아는 어머님이 처음엔 참 답답했다. 감히 드러내어 불평은 하지 않았지만 투박하고 살갑지 않은 어머니가 서운한 적도 많았다.

어머니는 칭찬에 인색한 분이었다. 자식 면전에서 한 번도 잘했다거나 수고했다는 말을 하지 않았다. 딴에는 신경 써서 상을 봐 드린 뒤 "맛있게 드셨냐" 여쭈면 "마, 배부르면 됐지"라고 말을 자르셨다. 은근히 칭찬을 기대했던 새 며느리는 혹 마땅치 않으신 것이 있었나 싶어 안절부절 죄라도 지은 마음이었다.

그렇게 시간이 지나고 어머니의 손자가 태어났다. 물론 어머니는 한결같이 무뚝뚝하셨다. 갓난쟁이를 처음 안고 흐뭇한 표정은 지으셨으나 역시 칭찬의 말씀은 없었다. 아니다. 생각해보니 "그 놈 인중이 길다"란 말을 혼자 말처럼 던지셨던 것 같다. 건강하게 장수하라는 덕담이셨음을 이해하는데 한참이 걸렸다.

그런데 한 날, 집안일을 거들어 주던 도우미 아주머니께 희한한 말을 들었다. 아주머니께서 다니러 온 어머니께 "할머니, 손자가 참 영리해요"

라 했더니 망설이지 않고 "우리 며느리가 똑똑합니다" 하시더란다. 아주머니는 여러 집의 노인들을 대해봤지만 그런 말을 하는 시어머니는 보지 못했다고 했다. 그 후 어머니가 퉁명스레 말씀을 하셔도 고까운 마음이 들지 않았다.

다시 두 해쯤이 지났다. 둘째 아이는 유난히 말이 빠르고 재롱스러웠던 형에 비해 발육이 한참 더뎠다. 두 돌이 지나도록 다른 사람과 눈도 제대로 맞추지 않는 작은 아이를 보며 아이 아빠는 울컥 걱정이 치밀었나보다. 간혹 생각보다 행동이 앞서는 이 사람이 사고를 쳤다.

장모에게 전화를 걸어 "어머니, 혹시 처가에 좀 모자란 사람이 있었습니까" 물었다는 것이다. 친정어머니는 "글쎄 우리 집에 그런 사람은 없었던 것 같다"며 좀 늦되는 아이도 있으니 조금만 더 기다려보라며 사위를 달랬다고 하셨다. 몹시 마음이 상하셨을 친정어머니에게 변변히 죄송하다는 말씀도 못 드렸지만 시간이 갈수록 화를 참을 수 없었다.

부창부수인가. 진중치 못하기론 남편보다 한 술 더 뜨는 나는 시어머니께 전화를 걸어 속사포처럼 막내아들의 만행을 고해 올렸다. 눈물까지 섞어 아들을 성토하는 며느리의 말을 듣고 나서 내린 어머니의 말씀이 대박이었다.

"이이고 내가 아 애비를 모자란 지도 모르고 삼십년 넘게 길렀구나. 안사돈께 미안해서 어쩌노, 걱정마라, 애가 그럴 리도 없지만 만일 좀 부족하다면 지 애비를 꼭 닮아 그럴 게지 누굴 닮았겠노."

'걱정말라'는 할머니의 장담대로 아이는 제 앞가림 할 줄 아는 단정한 청년으로 잘 자라 주었다. 모두가 어머니 덕분임을 안다.

머지않아 나도 시어머니가 될 것이다. 그런데 많은 며느리가 진저리치는 시에미가 아닌 우리 어머니처럼 속 깊고 품 넓은 시어머니가 될 수 있을까. 도와 달라 어머니께 부탁드려야 하는데, 자식 곁을 영영 떠나 너무 먼 곳으로 가신 어머니가 아쉽고 그립다.

조현세

1995년 『월간문학』 수필 등단

도시계획 기술사

(사)도시연대(걷고 싶은 도시 만들기 시민연대) 부이사장

저서 : 수필집 『마라톤과 어머니』, 전문서 『가로 환경계획 매뉴얼』

E-mail : cityboy982@hanmail.net

오토바이 택배 직원들에게
따뜻한 배려를

서울 을지로 광교통에는 멋진 건물들이 많다. 거기에는 상반된 거리 풍경이 있다. 큰 건물 주변은 물품을 내리고 다음 행선지를 기다리는 오토바이들의 임시 주차로 엉망이고 위험천만하다. 어디서 '부르릉', 괴물이 튀어나올지 모를 일이다. 한 건물만은 예외다. 오토바이가 전혀 안 보이고 건물 주변 보도도 깔끔하다. 그들만이 주차할 공간을 배려해 놓은 건물주 덕이다. 그뿐 아니다. 택배기사들이 쉬며 휴대폰도 확인하고 담배 피울 수 있는 쉼터도 있다. 부탁한 물건을 빨리 가져온 것뿐 오토바이도 그 건물에 찾아온 손님인 것이다. 쉽지만 않았을 그들의 전용 공간으로 도시는 안전하고 아름다워지는 것이다. 광란 질주, 위험천만한 불법 진로 바꾸기 주행, 자기 부모자식들도 걷는 보도 위를 겁없이 몰고 가는 불법 개조한 오토바이들은 굉음에 거리의 무법자다. 어디선가 경찰관에 걸리고 있는 헬멧 미착용 청소년들, 모두 손가락질만 해대는 거리의 난폭 흉기의 대명사다. 그렇다고 모두 일일이 쫓아다니면서 단속과 법대로 처리가 능사는 아닌 것이다.

피자집, 통닭집 주인에게도 당부하자. '빨리빨리 배달'만이 최선이 아니다. 그들도 서로 시간 경쟁에 몰리며 가장 빠르게만 가져오라는 엄청난 압력에 시달린다. 언 땅 위로 오토바이를 얼마나 조심스럽게 몰고 오면서 음식이 식을세라 조바심을 냈을까 생각하자. 따뜻한 음식, 기다려 온 물건 안전하게 받았을 때 "돌아가는 길, 조심하세요"라고 감사의 말을 해주자. 모든 건물마다 오토바이 주차장이 있을 리 없다. 교통 경찰관에게 단속 실적 건수 올리기의 표적이기도 하다. 사회적으로 비난받지만 우리에게는 필요한 존재다. 도심에서는 길 어깨 쪽이나 건물 한 켠에 그들을 위한 주차 공간을 마련해주자. 차선을 잡아먹는 불법 주차나 인명 사고 날 것이 뻔한 보도 위를 질주하면 그땐 엄격하게 단속하자. 약자에게만 단속이나 큰소리를 치는 대신 주차장을 배려하고, 따뜻한 눈길의 말 한마디가 도시 사회를 안전하게 돌아가게 한다.

(조선일보 2014. 5월 9일. "생각해 봅시다". 사외칼럼에 게재)

조현세 수필 02

'일회용'이란 말은 없어져야 한다

　일박 출장지에서 한 번 쓴 면도기는 '일회용'이 아니었다. 집에 가져와 2주일 가까이 더 썼다. 물론 두어 달 쓰는 외제 5날과는 촉감과 성능 차이를 무시하기는 어렵지만, 가격 대비 사용 기간으로 보면 훌륭한 일회용품이다. 운동모임 후 목욕탕에서 총무가 세면도구를 나눠준다. 비닐 샴푸는 절반이 버려지고, 몇 번은 더 써도 될 칫솔, 일회용 면도기를 다시 챙겨가는 이들은 아무도 없다. 공동회비의 지급품이라 그런가, 다음부터는 각자 몫이라 하면 면도기라도 챙겨갈까? 차라리 면도기를 소독 후 재활용 방안은 없을까? 어쩌다가 종이컵에 남은 물이 며칠 지나도 새지 않는 걸 보면 방수성능이 좋다. 일본인들이 '일일용'이라면서 종이컵 들고 회의장을 옮겨 다니는 실용도 배울 필요가 있다.

　2만여 명이 참가하는 마라톤 대회에서 그냥 길에 버려지는 종이컵이 일인당 열 개가 훨씬 넘는다. 단 한 모금을 마시고 휙 버리는 그 컵은 하루 종일 써도 괜찮다. 대형신문사 주최 마라톤 대회가 치러질 때마다 나무 수십 그루가 베어나간다고 상상해보자. 아마추어가 컵 하나 가볍게 쥐고 달리는 것이 뭐 그리 힘들까? 나는 최근 3년 동안 줄곧 내 컵을 들고 십여 개의 풀코스 대회에 참가하여 제한시간을 넘긴 적 없이 달렸다. 기록단축에 연연하면서 나무를 베고 싶지 않다. 스위스에서는 마라톤 대회 때 자기 전용 컵을 들지 않으면 아예 출발선에 설 수도 없다고 한다. 점심시간 때 커피종이컵을 들고 나다니는 풍경을 부러워하지 말자. 그것이 머그잔이라면 당신은 일 년에 15년생 소나무 한 그루를 매년 심는 셈이기 때문이다. 환경부 자료에 따르면 종이컵 한 개를 만드는데 11g의 이산화탄소가 배출되며, 1톤의 종이컵을 만들려면 20년생 나무를 무려 20그루나 베어야 한다. 또 그것이 썩기 위해서는 20여년이라는 세월이 필요하다.

환경문제는 실천이고 또 평생교육이다. 그렇지 않으면 우리 모두 일회용 쓰레기 더미에 묻혀 버둥거리는, 그야말로 쓰레기 종말 열차에 동승하게 될 것이다. '일회용'이란 단어는 딱 한번을 말한다.

김지헌

1996년 『월간문학』 수필 등단, 전북일보 신춘문예 소설 등단
문학박사, 조선대학교 초빙교수
수상 : 수필과비평 문학상, 신곡문학상
　　　광주문학상, 국제문화예술문학상 등
저서 : 수필집 『울 수 있는 행복』 『표면적 줄이기』 『그는 누구일까』 등
　　　소설집 『새들 날아오르다』 논문집 『현대소설의 어머니 연구』 등

E-mail : kim-ji-heon@hanmail.net

차마 마주볼 수 없는…

　어떤 스님이, 당신이 기도하시는 법당에 부처님을 새로 모시게 되어
점안식을 하게 되었다. 의식을 행하기 전까지는 깨끗한 종이로 싸서 법
당에 모셔두었다가 점안식을 하고나서야 불상은 비로소 모습을 드러내
게 된다. 스님은 며칠 동안 부처님 모습을 보지 않고 기도를 하였다. 기
도는 스님의 일상이었으니 불상의 모습이 보이든 보이지 않든 중요하지
않았다. 그렇게 며칠이 지나 점안식이 끝나고 부처님의 모습이 드러났
다. 신도들은 부처님의 모습이 시주한 사람의 얼굴과 비슷하다거나 스
님의 모습과 닮았다며 각자 보이는대로 말했다. 불상은 하나인데 신기
하게도 보는 사람의 마음에 따라 상像은 다르게 나타났다. 사람들은 자
신이 본 느낌을 표현하며 스님이 보신 불상은 어떠한지 내심 말씀을 기
다렸다. 그런데 스님은 고개를 들어 상단에 모셔진 부처님을 한 번도 쳐
다보지 않았다. 늘 옆에서 기도하던 신도들은 이상하게 여겨 여쭸다.
　"스님, 왜 부처님을 보지 않으세요? 위엄도 있으시지만 자비로운 상
호를 갖고 계셔서 바라만 봐도 마음이 평화로워집니다."
　스님은 말하는 사람을 바라보며 빙긋이 웃기만 하셨다.
　다음날도 그 다음날도 같은 상황이 반복되었다. 도토리 떨어지는 소

리에 놀란 토끼가 달리는 것을 보고 나중에는 이유도 모르면서 사자까지 달린다는 우화처럼, 신도들의 추측은 점점 더 부풀어졌다. 스님이 작심하신 기도 기간이 끝날 때까진 안 보시려나봐. 혹시 무엇인가 잘못된 건 아닐까. 모두들 이상하다고 입을 모으다가 그 중 궁금함을 참지 못하는 한 사람이 기도가 끝나고 법당을 나가시는 스님의 뒤를 따라가 까닭을 말씀해 달라고 청했다.

"그리도 궁금합니까?"

"말씀 안 하시니 별스런 추측들을 다 합니다. 더 많은 추측이 돌기 전에 말씀해 주세요."

"별 일이 아닌데…."

"더욱 궁금해집니다, 스님."

"허허 참 내."

스님은 머쓱해진 표정으로 만져질 머리카락도 없는 머리를 긁적이신다. 스님의 말씀을 기다리는 사람은 더욱 긴장한 표정이다.

"외경스러운 부처님 상호를 차마 정면으로 쳐다볼 수가 없었어요."

이 이야기를 전해들은 신도들은 휴우 안도의 숨을 내쉬면서도 가슴이 벅찼다. 우리 가까이 계시는 부처님을 몰라보았구나. 혼잣말처럼 중얼거리는 이들도 있었다. 평생 기도만 하시다 허리가 기역자로 굽은 노스님의 기도시간엔 눈 밝고 귀 맑은 사람들이 모여들어 우렁우렁한 기도소리가 들렸다. 법당 밖으로 울려퍼지는 큰스님의 목탁소리에도 나날이 신명이 더해갔다.

타인의 시선

자발적이기보다는, 절반은 의무적인 방문이었다. 그 공간은, 무엇인가 성과를 내며 살아가는 일에 바빴던 내게는 아직은 관심 영역이 아니었는지도 모른다. 당장의 내 현실은 아니었으니까.

남편이 속한 봉사 단체에서 노인들을 위한 행사를 준비한다기에 동참하기로 하였다. 시의 외곽에 있는 그곳은 처음 가보는 내 생각을 교란시켰다. 노인 복지문제를 말할 때마다 늘 누추하고 남루한 모습만 보고 떠올렸던 내게 복지관은 하나의 천국처럼 보였다. 시원스레 뚫려있는 길이며, 새로 조성되어 깨끗하게 정돈된 주변 환경이 아담한 공동체 마을을 연상시켰다.

노인 복지관, 그 공동 구역 안으로 들어가 내부를 돌아보며 내 감탄은 더해졌다. 오전 11시쯤이었는데도 각각의 건물과 각개의 룸들은 전문 영역의 취미와 오락과 교양강좌로 열기가 그득했다. 노래소리가 들리는 방의 문을 열어보니 머리가 하얀 할아버지의 열정적인 지휘로 합창이 한창이었다. 좋은 소리를 내기 위해, 그리고 율동까지 곁들여 어찌나 열심인지 구경꾼인 내 자신이 미안해져 얼른 문을 닫았다. 맞은편 방에선 색소폰 연주소리가 애끓게 들려왔다.

그곳을 돌아보면서 사람들의 취미가 그리도 다양하고, 노년에도 공부해야 할 게 그토록 많다는 사실에 나는 다시 놀랐다. 나이 들면 공부따위는 집어치우고 여유롭게 놀면서 살겠다는 결심을 했던 자신이 무색해지는 순간이기도 했다. 일생동안 가족 부양하며 사느라 미뤄두었던 일, 꼭 하고 싶었던 일을 하는 사람들이 행복해보였다.

오후의 일 때문에 나는 그곳을 일찍 빠져나왔다. 주차했던 곳으로 오며 나는 악기를 들고 걸어오거나 자전거를 타고 오거나 승용차로 오는 사람들을 여럿 만났다. 그러면서 뭔가 이상하다는 생각이 들었다. 약간의 기이함도 느껴졌다. 고개를 갸웃거리며 운전석에 앉아 시동을 거는 순간, 석연치 않은 감정의 정체를 깨달았다. 이곳에 있는 이들은 모두 노인이라는 것이다. 젊은이들은 오지 않는 노인만의 공간이었다.

노인 복지관을 벗어나면 다른 세상이 있다. 에너지 넘치는 젊은이들의 재잘거림, 세상 돌아가는 잡다한 소식, 온갖 희비의 곡선을 이루며 삶은 지속된다. 그러나 지정한 공간 속에서 계층을 나누어 살아가는 것은 유폐한 느낌마저 들게 했다. 효율성은 있겠으나 세상을 이해하고 또다른 세상을 구성해나가는 방식으로는 적절하지 않다. 언뜻 보기에 이곳에 있는 이들은 자신들끼리 가장 자유롭고 행복한 소통이 이루어지는 삶을 살고 있다고 믿겠지만 아, 이곳은 고립의 다른 이름이다. 구획지어 나눈 것의 총합이 전체는 아니다. 그걸 보았기에 나는 노인들만의 천국이라 불리는 이곳이 아프고 슬프게 느껴졌다.

장경환

1996년『월간문학』등단
한국문인협회, 안산문인협회, 한국수필문학가협회 이사
대표에세이문학회장 역임, 안산여성문학회장 역임
수상 : 성호문학상
저서 : 수필집『틀 밖의 세상』공저『마흔다섯 개의 느낌표』외 다수

E-mail : catari21@hanmail.net

쓰레기를 모으는 여자

쓰레기를 결사적으로 모으는 여자가 있었다. 그는 쓰레기에 자신의 인생을 송두리째 걸은 사람 같았다. 용도를 불문한 물건들을 집 안 가득 걷잡을 수 없을 만큼 쌓았다. 심지어 음식물 쓰레기까지 모아 생쌀을 먹으며 남편에 대한 분노를 삭이고 있었다. 4년이란 세월을 가족들이 애원하며 말리고 치워보지만 결사적인 대항을 하며 막무가내였다.

집안은 악취에 가득 차 사시사철 문을 열어놓아도 견딜 수 없는 지경에 이르렀다. 가족은 악취와 잡다한 쓰레기더미에 밀려나 결국 모두 집을 떠나고, 여자는 혼자서 오로지 쓰레기에 인생을 걸며 살아갔다. 쓰레기는 점점 불어나 계단이나 복도, 주차장까지 점령을 하자, 한동네 사람들도 고통을 참기가 힘들어졌다. 마침내 전문가와 'SOS24'가 출동하는데, 바퀴벌레와 생쥐 떼가 우글거리는 미움과 집착의 쓰레기더미가 무려 12대의 트럭에 실려 나갔다.

그 모습을 보고 나서 며칠 동안 잠을 설쳤다. 호된 시집살이에 송두리째 마모되었던 기억들이 불현듯 쓰레기더미를 헤집고 줄지어 들락인다. 그 삶을 돌이켜 보면 정작 소중히 간직될 기억은 방치한 채, 부질없는 기억을 쌓아올리며 순수의 영혼을 얼마나 소멸해 왔던가.

창조주께서 삼라만상을 그토록 아름답게 유효적절하게 만드셨거늘, 인간은 자유자재로 오염시키며 멋대로 생각하고 결론을 내리며 슬퍼하고 괴로워한다. 나 역시 육십 평생을 살아오면서 정신적인 시달림을 얼마나 받아왔던가. 만병의 원인인 것을 알면서도 본연마저 잃어간, 이 얼마나 어리석고 가혹한 행위인가.

과연 무엇에 의미를 두어야 하는가. 현명한 사람은 매사에 감사와 적극적인 배려로 자신을 다스리며 인생을 슬기롭게 사는 사람이라고 한다. 사물을 직시하여 그 의미를 다듬고 걸러내어 자신의 행복을 인정하는 자세야말로 정화된 삶이 아닐까.

좌충우돌, 묘하게도 연민의 대상이 된 그녀의 모습이 떠오를 때면 은연중 나 자신의 실체를 점검해 본다.

축복배달부

"너희는 어쩜 요렇게도 예쁜 거니? 참 예쁘다. 정말 예뻐!"

감탄에 감탄! 그들을 발견하는 순간 저절로 흥이 나고 연신 콧소리가 흘러 나왔다.

비온 뒤, 선산에 가는 길 옆 공원에 찬란하게 물든 감나무 잎들이 즐비하게 쏟아져 있었다. 그리 크지도 않은 나무에서 어찌 그리도 예쁜 잎들을 무수히 쏟아냈을까. 적이 놀라웠다. 촉촉이 젖은 잎들이 더욱 싱그럽고 아름다워 보였다.

마침 선산에 가서 단풍잎을 구해올 양으로 비닐봉투까지 준비해 온 터, 뜻밖의 횡재에 다리는 경중경중 그야말로 신바람이 났다. 어느새 비닐봉투가 불룩해지고 양손 그득히 채워져도 발길이 떨어지지 않았다. 해가 지고 어둠이 어스름히 깔리기 시작하자 오히려 마음은 가속도로 달렸다.

그때였다. 공원을 가로 지른 길 어귀에서 노년의 부부가 나를 향해 고래고래 함성을 지르며 다리가 휘청이도록 달려온다. 아랑곳없이 신명이 나서 줍고 있는데, 가까이 다다르고서 내손의 실체를 보고는 허탈한 듯 넋을 잃고 만다. 멀리서 본 내 모습이 마치 돈벼락을 맞고 정신없이 줍는

102

정경으로 착각을 부른 것일까? 기세 등등 달려온 노부부가 연신 헛기침을 하며 되돌아 서둘러 가던 뒷모습은 지금도 희심의 미소를 불러온다. 그들은 아마 상상조차 못했을 것이다. 천만장자가 부럽지 않았던 그때의 내 심정을.

언제부턴가 예쁜 나뭇잎만 보면 책갈피에 고이 재워두기를 즐겨했다. 그리고 아끼는 이들을 위해 혼신의 사랑으로 축복을 새겼다. 그 '축복'이란 단어 속엔 사랑과 평화, 기쁨과 행복, 건강과 무탈 등 은총의 의미가 모두 함축되어 있다는 생각에서였다.

가진 게 없으니 유일하게 나누어 줄 수 있는 기쁨, 틈만 나면 나름대로의 사랑을 담아 마음껏 보내주는 것이 어느새 큰 보람이 되었다. 그러기에 성경말씀과 함께 내 혼신의 기원을 써넣어 코팅한 것을 색실로 매달아 소중히 전달했다. 어찌 보면 꼭 할 일 없는 사람의 유치한 행동이랄까, 유아적 발상이랄까. 하지만 분명한 건 그러므로 소중한 사람들 사이에 내가 있었고, 그래서 참으로 행복했노라고 서슴없이 고백할 수 있다. 오죽하면 지인들로부터 일찍이 '축복 배달부'라는 애칭을 받기까지 했잖은가.

오늘도 내일도 생명줄이 있는 한, 나는 어떤 방식으로든 세상에서 가장 큰 축복다발 든 '축복배달부'가 되어 쉼 없이 전달할 것을 자처한다.

정태헌

1998년 『월간문학』 등단
수필문우회, 무등수필 회원, 『수필세계』 편집위원
수상 : 광주문학상, 대표에세이문학상 등
저서 : 수필집 『동행』, 『목마른 계절』, 『경계에 서서』, 『바람의 길』(선집) 등

E-mail : lovy-123@hanmail.net

경계境界

아침

창 너머 동산, 그곳은 갈참나무 숲인데 한 그루가 유독 눈에 잡힌다. 다른 가지들은 푸르싱싱하게 하늘로 치뻗었는데, 한 가지만 오가리 들어 누렇게 늘어져 있다. 얼마 전 태풍에 휩쓸려 찢긴 가지다. 잘라내지 않는 한 달라붙어 있을 것이다. 어쩔 수 없이 그냥 두고 보고만 있다. 해가 뜰 참인데 작살비 한 두름 숲 위로 달려간다. 눈길이 그쪽으로 갈 때마다 의식이 수런거린다. 색감의 대비, 그 틈새로 눈길이 짯짯이 쏠린다.

낮

날상가, 관에 담긴 주검을 운구해 마당에 안치하고 그 앞을 병풍으로 가린다. 대낮 마당의 차일 밑엔 한 여인의 어이곡소리 치렁하다. 술판, 윷판에선 웃음으로 왁자하다. 옆 화단엔 화사한 모란, 햇살 한 자락 그 봉오리에서 반짝인다. 마당가엔 똥개 한 마리 먹을 것을 탐하며 곰돈다. 처마 밑, 제비집엔 갓 깬 제비 새끼들이 어미 새의 몸짓에 벌건 주둥이를 일제히 벌리고 있다. 법칙과 질서, 그 사이에서 잠시 현기증이 인다.

정태헌

저녁

호스피스 병실, 병자의 목덜미엔 밤톨만 한 암 덩어리가 사들사들 매달려 있다. 두 해째 투병 중, 이제 며칠을 못 넘기겠다는 의사의 귀띔. 부인의 눈시울은 메말라 보였지만 낯빛은 외려 평온해 보인다. 티브이, 개그맨들의 몸짓에 브라운관 속에선 폭소가 터진다. 병자가 물을 청하자 부인은 잔을 들어 남편에게 건넨다. 해질녘에 보았던 길가의 노란 은행잎과 매니큐어를 바른 부인의 손톱이 겹친다. 침몰과 감각, 병자와 부인 사이에서 우두커니 서 있다.

밤

피아노 소리, 늦은 시각인데 어디선가 아련하게 들린다. 건반을 두드리는 사람을 상상하는데 벨 소리가 요란하게 울린다. 한데 수화기에선 아무 소리도 나질 않는다. 잘못 걸린 전화겠지, 잠자리에 들기 위해 눕는다. 사방은 정적에 휩싸인다. 며칠 전 친구의 말이 떠오른다. 가사假死 체험하기 위해 실제 몇 시간 동안 관棺에 들어간 적이 있단다. 갑자기 왜 그런 생각이 들었을까. 소리와 의식, 어둠 속에서 몸을 뒤척이고 있다.

대표에세이

여울물 소리

만산 녹엽, 봄 배웅하고 여름 마중하려고 나선 섬진강 길. 강변의 얼굴은 철마다 다르다. 봄 강변이 숫기 없는 소년이라면 여름 강변은 살 감춘 처녀의 치맛자락이다. 바람이 지나는 길목, 강굽이 원두막에 자리를 잡았다.

하늘에 먹장구름 흐르더니 금세 소나기 한 줄금 쏟아진다. 미루나무 잎사귀를 밟고 달리는 빗소리 사뭇 호도깝스럽다. 여울목에선 물살이 금방 세차다. P 선생은 소주 몇 잔에 불콰해지더니 목청을 높인다. 미루나무 우듬지에서 쏟아지는 매미 소리 때문이다.

강바닥에 깔린 여울돌들이 거울져 은어 떼같이 반짝인다. 강바람에 몸을 뒤척이며 수런대는 미루나무 잎사귀 사이로 햇살이 산산이 부서진다. 산비둘기 한 마리 강변을 스친다. 소나기 사라지자 바람이 멎는다. 매미 소리도 뚝 끊긴다. 사람들 목소리조차 잦아진다. 적막이 흐른다.

차츰 귀가 밝아지고 여울물 소리 소쇄하게 들려온다. 외물에 정신 팔려 듣지 못했던 소리 비로소 귓가에 소소명명히 들려온다. 가락지다. 청정하다. 강변 풍경에 참척하여 이 소리 놓치고 있었던가.

여울물 소리는 맨가슴을 파고들어 짜르르 핏줄을 탄다. 적요와 침묵

정태헌

이 때론 이리 울림을 주는 모양이다. 슈만이 그랬던가. "말이 끝나는 곳
에 비로소 음악이 시작된다"고.

김선화

1999년 『월간문학』 수필 등단, 2006년 『월간문학』 청소년 소설 등단
한국문인협회, 국제펜클럽, 수필문우회, 한국문학비답사회 회원
한국수필가협회 편집위원, 선수필 기획위원
군포중앙도서관 수필강의

수상 : 한국수필문학상, 대표에세이문학상, 대한문학상 등
저서 : 수필집 『둥지 밖의 새』 『눈으로 보는 소리』 『소낙비』, 『포옹』 등 7권
　　　시집 『눈뜨고 꿈꾸다』 『꽃불』
　　　청소년 소설 『솔수펑이 사람들』 『바람의 집』

E-mail : morakjung@hanmail.net

타워크레인 위의 남자

연 전 신학기가 막 시작될 무렵, 중학교 교정이 훤히 바라다 보이는 길 건너편 빌딩공사장에 구경꾼들이 모여 웅성거린다. 무슨 일인가 싶어 좌중을 헤치고 들자 높디높은 타워크레인 난간위에 남자 하나가 까만 점으로 올라앉아 있다. 학생들이 볼까 싶어 교정을 둘러보니 다행히 운동장은 조용하다.

나는 다시 구경꾼들 틈에 끼어 안절부절 못한다. 내 목소리가 저 높은 곳에까지 들릴까마는 어서 내려오라고 소리치고 싶다. 한데 이 괴이한 광경을 관망하는 사람들의 표정이 더 괴이하다. 빙긋빙긋 웃으며 강 건너 불구경하듯 한다. 경제가 어려워질수록 어두운 기사가 이어지는데, 죽음에 대해 면역되어 가는 사람들의 시선이 슬프다.

"왜 저러고 있답니까?"

"노임 문제겠지요 뭐."

"언제부터 저기 올라 있나요?"

"벌써 서너 시간 된 것 같은데요."

"사업주 쪽에서도 알고 있나요?"

"갑자기 철근 값이 올라 회사가 부도났답니다."

110

"왜들 만류하지 않고 있는데요?"

"허허허….."

학부형총회에 가던 길이었지만, 좀처럼 발길이 떨어지질 않았다. 공사는 이제 겨우 기초를 면한 상태인데 저 높은 곳까지 쌓아올리려면 얼마마한 철근이 필요할지 가늠해 본다. 노사간의 마찰이 남의 일 같지가 않다. 하지만 내가 할 수 있는 일이란 그저, 용무가 바쁘다는 것도 잊은 채 고개가 아프도록 그 어렴풋한 사내를 올려다볼 뿐이었다.

하는 수 없이 말을 나눈 남자에게 내 휴대폰번호를 남기고 발길을 돌리기로 한다.

"너무 걱정 마세요. 배고프면 내려오겠지요 뭐. 담배까지 피워 무는걸요."

그러고 보니 타워크레인 끄트머리에서 빨간 불빛이 반딧불처럼 깜빡인다. 희망이다. 막다른 길에서 여유를 찾으려는 행위로 읽힌다. 그래. 배고파서 올라갔지만 배고파져 내려와야 한다. 부디 눈빛 초롱초롱한 아이들이 어른거려야 한다. 저이도 부양해야할 가족이 있기에, 저렇듯 엉뚱하고도 고약한 용기를 냈을 것 아닌가.

그로부터 한참 후 해거름 녘, 낯선 번호의 문자 한 통이 들어왔다.

'- 그 사람, 방금 내려왔습니다.'

휴, 뉘 집 아버지 한 사람 살아났다.

김선화

입맞춤

경건한 의식이다. 뜨거운 사랑의 거대한 표현이다. 두툼하고 곧은 콧날에 깊고 긴 눈매를 지그시 감고, 얼굴을 정성스레 낮추어 입술을 포갠 상想 하나가 피사체 너머로 잡혔다. 그 턱선 아래로는 다소곳한 사람형상이 아기인 듯 누웠는데, 누운 돌의 정수리에서 뻗어나간 돌기에 윗돌의 더운 입김이 살포시 닿고 있다.

계룡산, 그 산을 일러 영산靈山이라 한다. 그 품에 기대어 흉금을 내려놓고 싶은 만추 끝자락이었다. 계룡시에서 공주방향으로 넘는 밀목재 좌측으로 급경사 암벽을 타고 올라 가슴속의 염원을 간구할 참이었다. 이성理性을 앞세우지 않고 지극히 원초적 모성에 다가선 날이다. 지병으로 사슬을 두른 아이의 어미로서 체면 따위는 이미 가슴 저편에 묻어버린 지 오래, 구릉을 몇 개 넘고 너덜골짜기를 지나 허연 바위층을 두 손으로 짚으며 나아갔다.

숨차게 오르내리던 고향마을 뒷산이 봉분만하게 내려다뵈는 곳까지 올랐을 때, 앞서 길을 안내하던 노스님이 걸음을 멈추고 사철 마르지 않는 물이라며 석굴을 소개했다. 나는 그곳을 기억하기 위해 사진을 한 컷

찍었다. 그리고는 샘의 지붕격인 바위에 한참을 앉았다가 왔다.

한데 이게 웬 일인가. 물이 고인다는 석굴을 렌즈에 담았을 뿐인데, 사진 속에서 시선을 끄는 것은 엉뚱하게도 윗돌과 아랫돌이 만나는 이음새의 표정이었다. 무엇보다도 고개를 낮춘 돌의 눈두덩에서 풍겨나는 심오한 빛과 열린 입술의 인정스러움이 심금을 울리며 전율을 부른다. 자연과 심상心想이 맞물려 빚어낸 우연의 일치이지만, 나는 그 무수한 언어를 온 가슴으로 여민다. 사람의 속말을 들어 응답하는 위무의 몸짓 앞에서 나도 덩달아 고달픈 일상에 대고 최면을 건다. '괜찮아, 괜찮아' 하며 성스러이 흉내를 낸다.

– 이렇듯 귀 열리고 눈 뜨이는 날은, 다른 한편이 우매하게 내달리는 날이다.

박경희

2000년 『월간문학』 수필 등단, 2004년 『월간문학』 소설 등단
방송작가, 탈북 대안학교 강사
수상 : 한국프로듀서연합회 라디오부문 한국방송작가상
　　　대표에세이문학상
저서 : 청소년 소설 『류명성 통일빵집』, 『분홍벽돌집』
　　　에세이 『여자나이 마흔으로 산다는 것은』
　　　『여자나이 오십, 봄은 끝나지 않았다』

E-mail : park3296@naver.com

여자나이 오십,
봄은 끝나지 않았다

늦여름에서 초가을로 넘어가는 길목은 찬란하다.

하늘은 드높고, 작열하는 태양아래서 곡식들은 무르익어 가고 있다. 텃밭 바지랑대 위에서는 빨간 잠자리 떼가 춤을 춘다. 춥지도 덥지도 않은 최적의 날씨. 석류가 붉게 물들어가고 길가의 구절초가 피어난다. 억새꽃이 은빛 물결을 이루는 언덕. 이보다 더 아름다운 계절은 없다.

러시아에서는 여름 끝 무렵에서 초가을로 들어서는 2주간의 계절을 바비레따의 계절이라고 일컫는다. 러시아에서는 아름다운 중년을 일컬을 때 '바비레따의 계절을 살고 있군요.' 라고 한다. 재밌으면서도 의미 있는 표현이라는 생각이 든다.

나는 '바비레따'라는 말을 듣는 순간 중년 여성의 우아한 자태가 떠올랐다. 섬섬히 익어가는 석류알처럼 농익은 여인은 고혹적이다. 그 모습은 하루아침에 이루어지는 것은 아니다. 봄, 여름을 지나 가을이 오듯, 여인의 계절 역시 수없이 많은 비바람을 지나 비로소 '바비레따'의 계절에 다다르게 된다.

박경희

그럼에도 이 땅의 많은 중년들이 가장 아름다운 계절에 머물고 있다는 것을 모르고 살 때가 많다. 찬란한 계절을 살면서도 이미 여성성을 포기하며 살고 있지는 않은지. 스스로에게 질문이 필요한 시간이다.

여자는 영원히 여자다.
이 말은 언제 들어도 가슴에 파랑이 인다. 행복한 지문처럼 가슴 깊은 곳에 지니고 싶은 말이다. 나 또한 끝까지 여자이고 싶다. 검은 머리가 은빛 물결로 변하고, 얼굴에 검은 꽃이 피어나는 그 순간까지 여자로 살 것이며, 모든 이들이 그렇게 봐 주길 소망한다.

나는 지금 바비레따의 계절을 살고 있다. 당신도 그럴 것이라 믿는다.

'무명'의 세월을 넘어

우연히 채널을 돌리다 한 여자를 만났다. 목소리가 생철 지붕 위의 빗물 소리처럼 심금을 울렸다. 아이돌이나 걸 그룹들처럼 풋풋하거나 섹시하지는 않지만, 애수에 젖은 눈매가 매혹적이었다. 알고 보니, 그 무대는 트로트 가수를 뽑는 오디션 장이었다. 많은 경쟁자를 물리치고 유명 가수에게 픽업된 여자는 왈칵 눈물을 쏟았다.

"30년 동안 무명 가수로 살았습니다. 결혼도 하지 못한 채 노래만 했습니다. 곁에서 나를 지켜보던 어머니는 위암 수술에 많은 합병증까지 생겨 고생하고 계십니다. 어머니 생전에 내가 가수로 성공하는 모습을 보여 드리고 싶어 이 자리에 섰는데… 이렇게 선택을 받고나니… 감격…."

여자는 목이 메여 제대로 말을 잇지 못했다. 왜 아닐까. 그녀는 정말 노래를 잘 했다. 30년 세월 무명으로 살아오며 가슴에 쌓인 '한'을 폭풍처럼 쏟아냈기 때문이리라.

"30년 무명 시절은 잊겠습니다. 지금부터 시작입니다!"

그녀는 이 말을 마친 뒤, 총총히 무대에서 사라졌다.

방송을 본 뒤, 나는 참 많은 생각을 했다.

그녀가 늦게나마 중앙 무대에 설 수 있었던 것은 '무명의 세월'을 견뎠기 때문이다. 피아노만 보아도 지겨울 정도로 연습하고, 밤이면 카페에 나가 노래를 하며 생계를 유지했다. 수없이 많은 날을 고독과 함께 새벽 이슬 맞으며 집으로 돌아왔다고 한다. 그녀는 어떤 순간에도 게으름을 피우거나 포기하지 않았다.

'무명'의 세월이 없이는 '유명'도 없다. 자고 나니 유명해졌다는 말은 오만이거나 겸손의 또 다른 표현일 수 있다.

나 또한 오랜 세월 '무명 작가'로 살아왔다. 하지만 나는 그 여자 가수처럼 악바리 근성으로 글을 써 왔노라 자신할 수 없다.

"지금부터 시작입니다."

결의에 찬 그녀의 목소리에 나의 다짐 또한 살짝 얹어 본다.

문영숙

1999년『문학시대』시 등단, 2000년『월간문학』수필 등단
2012년 서울문화재단 창작기금 수혜
수상 : 제40회 신동아논픽션, 제2회 푸른문학상, 제6회 문학동네 문학상
저서 : 수필집『치매, 마음안의 외딴방 하나』
　　　장편 청소년소설『에네껜 아이들』『까레이스키 끝없는 방랑』
　　　　　　　『꽃제비 영대』『독립운동가 최재형』
　　　장편동화『무덤속의 그림』『궁녀 학이』『검은 바다』
　　　『아기가 된 할아버지』『개성빵』외 다수
꽃제비 영대가 ACROSS THE TUMEN으로 번역됨

E-mail : soltee1953@hanmail.net

꽃고무신 한 짝

예쁜 것이 무엇인지 조금씩 알아갈 때였다.

추석이 다가오면 가난한 살림살이에도 할 일들이 많았다. 가장 설레는 일이 추석장감을 하러 장에 갈 때였다. 그 해는 엄마가 가지 못하고 오빠를 장에 보냈는데 엄마는 오빠에게 내 신발을 새로 사 주라고 당부했다. 오빠와 함께 추석장감을 하러 가는 날, 나는 질질 끌리는 고무신을 얼른 벗어버리고 싶었다.

걸어서 삼 십리 길. 아침나절 길을 나섰는데 태안 장에 도착하니 점심때가 다 되었다. 추석대목을 맞아 장사꾼들은 곳곳에 난전을 펼쳐놓고 평소엔 못 보던 상품들을 산더미처럼 쌓아놓고 선전을 해 댔다.

어떤 장사꾼은 꽹과리를 치고, 어떤 상인은 풍각쟁이 차림으로 우스꽝스러운 분장을 하고, 약장수 아저씨는 원숭이를 매어놓고 사람들을 끌어 모았다.

여기저기 구경거리가 넘치던 장날, 아버지가 일찍 돌아가셨으니 우선 차례상에 올릴 조기와 김이 기본 장감이었다.

내 발에 꼭 맞는 신발을 한 번도 신어 본 적이 없던 나는 이번만큼은 내 발에 딱 맞는 아주 예쁜 꽃고무신을 사리라 집에서부터 작정한 터였다. 엄마가 사 주면 분명 큰 신발을 사겠지만 오빠는 아마도 내게 딱 맞는 고무신을 사 줄 것 같았다. 장에까지 헐떡거리며 끌고 온 헌 고무신은 굵은 광목실로 몇 번이나 꿰매서 더 이상 바늘 들어 갈 자리도 없었다.

드디어 고무신 가게에서 나는 내 발에 꼭 맞는 예쁜 고무신을 샀다. 양 옆에 빨간 꽃송이가 그려진 꽃신이었다.

집에 오는 길엔 늦장마가 끝나지 않아 갑자기 큰물이 지도록 비가 내렸다. 서산 장에 가는 길은 신작로였지만 태안 장에 오가는 길은 논둑길, 밭둑길, 산골길이 더 많았다. 갑자기 내린 비는 금세 거센 물살을 일으켜서 장에 갈 때 건넜던 징검다리도 물속으로 가라앉아 버렸다.

나는 새로 산 꽃고무신에 질척질척한 흙탕물을 묻히지 않으려고 한 손에 한 짝씩 들고 걸었다.

태안 장에서 집으로 오는 중간쯤이었다. 빗물에 물이 불어 무섭게 소용돌이가 치는 내를 건너야했다. 오빠가 조심스럽게 먼저 건넜다. 오빠 뒤를 따라 내 가운데 쯤 건넜을 때였다. 물속에 잠긴 징검다리 돌을 밟는 순간 거센 물살에 그만 중심을 잃고 말았다. 넘어지는 순간 한쪽 손에 들었던 꽃고무신을 놓치고 말았다. 나는 허우적거리며 꽃고무신을 건지려고 아래쪽으로 내려갔고 어느 순간 소용돌이치는 소에 빠지고 말았다. 하마터면 헤어나지도 못할 깊이였다. 간신히 오빠의 손을 잡고 물에서 나오긴 했지만 새로 산 꽃고무신은 자취도 없었다.

한쪽 밖에 없는 꽃고무신을 들고 집으로 오던 그 해 추석은 내게 가장 아쉬운 기억으로 남아있다.

중고 책과 명함 한 장

'동북아 역사속의 코리안 디아스포라 작가'

근대사의 소용돌이 속에서 힘없고 가난했던 나라 대한민국의 국민으로 겪어야 했던 참담한 아픔들을 소재로 몇 권의 책을 냈더니 내게 위와 같은 닉네임이 붙었다.

이번에 쓰는 작품도 가장 최근의 코리안 디아스포라라고 할 수 있는 파독근로자의 이야기이다. 파독근로자는 코리안 디아스포라로 살아가는 사람도 있고, 또 고국으로 돌아와 사는 사람들도 많다. 내가 쓰고 있는 주인공은 우리나라가 한창 어려울 때 해외로 나가 독일에서 이주노동자로 일하면서 겪은 애환을 담은 내용이다.

파독근로자들의 체험담들이 이미 책으로 나와 있고 또 수기들도 있어서 낯선 땅에서 그들이 겪어야 했던 고충들은 거의 간파한 후에 집필을 하던 중이었다.

초고를 70% 정도 썼을 때였다. 파독근로자들이 탄광이나 병원에서 힘들게 일하던 상황들은 거의 다 소설로 그려낼 수 있었는데 내가 쓰는 소설이 청소년 성장소설이다보니 독일에 남아서 공부를 더 하게 되는 부분에서 독일의 교육제도와 진학절차등의 자료가 부족해서 이리저리

자료를 찾던 중이었다.

인터넷에서 한권의 책을 발견했다. 그 책을 쓴 작가가 독일에 가서 광부로 일하다가 독일에서 학사, 석사, 박사를 거쳐 한국에 돌아와 교수를 했고 은퇴해서 펴낸 수기였다. 더구나 청소년교육학으로 박사를 받은 분이니 청소년소설을 쓰는 내게 딱 맞는 책이었다. 그런데 구매를 하려고 보니 품절이었다. 다시 검색을 해보니 다행스럽게도 중고 책이 떴다. 나는 망설일 틈도 없이 얼른 중고 책을 구입했다.

이틀 후 책을 배송 받아서 펼친 순간, 저자의 싸인 밑에 저자가 붙인 명함이 그대로 붙어있었다. 나는 순간 중고 책을 판 사람에게 저자를 대신해서 괘씸하다는 생각을 했다. 싸인을 받은 책을 중고서점에 내놓는 일은 섭섭하긴 하나 버리는 것보다는 다행스러운 일이다. 필요한 독자의 손에 들어갈 수 있기 때문이다. 그런데 명함까지 그대로 붙여서 팔려고 내어 놓은 건, 솔직히 글을 쓰는 작가로서 나도 서운한 감정이 앞섰다.

그러나 내게 그 명함은 아주 효자가 되어 주었다. 우선 그 명함에 나와 있는 메일 주소로 그 책의 저자를 만날 수 있었고, 내가 꼭 필요로 하는 정보를 들을 수 있었으니, 싸인 본을 받아서 명함도 떼지 않고 중고서점에 팔려고 내어놓은 사람의 행동이, 내게 큰 보시를 한 셈이 되었다.

세상에는 이렇게 보이지 않는 인연들이 있어서 본인의 의사와 전혀 상관없이 또 다른 누군가에게 도움을 주고받으며 살아가는 것이다.

청정심

2002년 『월간문학』 등단

국제펜클럽한국본부, 한국문인협회, 음성문인협회 회원

수상 : 불교 청소년도서 저작상, 연암문학상 본상

저서 : 수필집 『청향당의 봄』, 『내 마음에 피는 우담발화』 등

E-mail : cjseda@hanmail.net

수필을 쓰는 이유

가사에 전념하는 주부들에게는 자신만의 세계를 갖기가 어렵다. 자녀들이 어린 경우에는 육아와 교육에 매달리므로 자신의 취미를 살린다든가 사회활동을 하기에는 많은 어려움이 따른다.

그러나 오십대에 이르면 그러한 의무에서도 어느 정도 벗어나서 여유의 시간이 찾아온다. 가정은 안정되어 있고, 자녀들은 입시지옥에서 해방되어 자기 길을 가고, 남편은 사회적으로 자신의 위치를 확고히 하는 시기이다. 어렵게 찾아온 한가로움에 주부들은 주어진 현실에 감사하는 한편, 문득문득 자신을 돌아보고 나는 누구이며 또한 무엇인가라는 의문에 맞닥뜨리게 된다. 심한 경우에는 변하는 외모에 허무감을 느끼고 자신감을 상실하는 갱년기 장애에 부딪치기도 한다.

나의 경우도 그런 과정을 거쳤다. 다만 부처님의 가르침을 따라 30년이 흐른 세월 속에서 믿음으로 기도에 정진할 수 있었고 어떻게 하면 노후를 더욱 알차고 보람 있게 맞이할 것인가에 눈을 뜨기 시작했다. 기도는 정신적인 수양처며, 부처님께 드리는 오체투지의 공양이나 현실의 세계에서는 발로 뛰며 공동선共同善을 이루는 생활적 신앙이 필요함을 느꼈다. 그리하여 평소에 마음속에 자리했던 글쓰기의 염원을 세우고 마음공부 삼아 수필을 쓰고 있다.

수필은 다른 문학과 달리 친근감이 있고 누구나 이해할 수 있는 글이며, 또 쓸 수도 있는 글이다. 자기의 체험에 생각과 느낌을 담아 진솔하게 쓰면 된다고 한다. 나는 나름대로 열심히 공부하고 습작하면서 몇 가지 깨달은 지혜가 있다면 바로 자신의 삶을 뒤돌아보는 일이다. 수필이 성찰의 문학이라고 하는 이유가 여기에 있는 것 같다. 하루하루의 삶을 뉘우치고 새롭게 결심하며 자신의 허물을 한 가지씩 고쳐가게 한다. 그것은 수필이 갖고 있는 진실성 때문일 것이다. 꾸미지 말고 있는 그대로를 내보이는 일이 쑥스럽기도 하지만 마음의 평화를 맛보는 일이기도 하다.

글을 쓰면서 일상생활에서 건성건성 지나치던 일들에 의미를 부여하고 자세히 관찰하는 습관이 생기게 되었다. 무엇보다도 조용한 시간에 자신과 마주하는 일, 끊임없이 책을 읽고 새로운 지식에 접하고 싶은 것도 전에는 없었던 일이다.

청주대학교 행정대학원 고위관리자반에 등록하여 1년 동안 강의를 들은 일도 사실은 더 많은 새로운 지식을 얻기 위함이었고 학문에 빠져보고 싶은 욕망 때문이었다. 또한 사회의 여러 계층 사람들을 만나서 그들의 생각과 삶을 느껴보기 위한 것이었다.

나이를 먹어도 하고 싶은 일을 할 수 있다는 것, 물처럼 흘러가는 삶의 편린들을 사진에 담아두듯 글로 표현해 활자로 남길 수 있다는 것에 기대를 걸며 열심히 글을 써볼 작정이다.

그리하여 글 속에서 부처님의 진리를 알기 쉽게 만인에게 전하고 거룩한 삶을 지향하는 구도자의 길을 갈 수 있다면 더 바랄 것이 없겠다.

126

노년의 기도

부처님, 부처님께서 제 마음에 함께 계시듯, 저의 모든 일에도 함께 하소서.

당신께서는 제가 하루하루 늙어가고 어느 날 아주 노인이 되어 지地, 수水, 화火, 풍風으로 돌아갈 것이라는 것을 제 자신보다 더 잘 알고 계십니다. 그러므로 저 자신을 돌아보며 기도를 드립니다. 모든 사람 앞에서 수다스러워지거나 누가 저의 단점을 말할 때 화내지 않고 긍정적으로 받아들이게 하소서.

어느 누구의 잘못을 보았을 때나 잘난 체하며 거짓말을 했을 때 기회를 보아 꼭 한마디 해줘야 한다는 생각에서 벗어나게 하소서. 남의 잘잘못에 뛰어들어 바로잡아 보려고 따지는 일 없게 하소서.

저의 잘못이 없다고 생각하는데 시비를 걸어오는 이에게 사실을 밝히려고 열을 내며 설명하거나 같은 말을 되풀이하지 않도록 하여 주시고 빨리 결론을 내게 하소서. 아무리 억울한 일이 있어도 인내하고 자비로서 다스리게 하소서.

앞으로는 누구에게 의지하려는 버릇에서 멀리하게 하시고 혼자 하는 습관을 갖게 하소서. 베푼 자에게 배신을 당해도 섭섭한 마음 갖지 않게 하시고 항상 누구에게나 주는 것으로만 낙을 삼게 하소서. 누구를 몹시 사랑하고 보고싶어 하는 마음도 떠나게 하시고 제가 좋아하는 사람들이 제 곁에서 멀어져 간다고 슬픈 마음을 갖지 않게 하소서. 그리고 제가 좋아하는 것을 많이 소유하려는 마음도 없게 하소서.

앞으로는 하나하나 버리려는 것에만 마음 쓰게 하소서. 자식들에게 짐이 되지 않도록 하여 주시고 어떤 잘못도 너그러이 용서할 수 있는 넓은 가슴이 되게 하소서. 항상 기도 속에서 세상은 아름답고 나는 행복하다고 생각하게 하소서.

하루 24시간 안에서 잠자는 시간과 식사하는 시간 외에 1초도 헛된 시간 없게 하소서. 내가 아끼는 물건이 어떤 이에게 꼭 필요할 땐 아까운 마음 없이 모두 보시하게 하소서.

거울에 비춰진 변해 가는 제 모습을 보며 비관하지 않게 하소서. 어떤 모임이 있을 때 나를 대우해 주기를 바라는 마음 없게 하여 주시고, 사람들과 대화할 때 내 주장만을 고집하며 말로써 남에게 상처주지 않게 하소서.

누구나 나에게 인연 있어 온 이들에게 폐가 되지 않고 오직 도움만 줄 수 있게 하소서.

금생 끝나는 마지막 시간이 기도시간이 되게 하시고 다음 생엔 성불하여 모든 중생을 제도시킬 수 있게 하소서.

대표에세이

김윤희

2003년 『월간문학』 등단
충북문인협회 편집부장, 충북수필문학회 편집위원, 진천문인협회 부회장
수상 : 대표에세이문학상
저서 : 수필집 『순간이 둥지를 틀다』

E-mail : yhk3802@hanmail.net

봄 숲에 들면

부지런떠는 햇살에 이끌려 진천을 에두른 남산으로 발걸음을 했다. 가랑잎 아스락 대는 소리가 이따금 스칠 뿐, 숲은 아직 조용한데 발바닥으로 전해오는 흙살의 느낌이 폭신하다. 흙덩이가 푸슬푸슬 몸을 풀기 시작한 게다.

등산로 곁을 지켜가고 있는 소나무들이 진한 솔향으로 맞아준다. 물관부를 타고 흐르는 봄의 기운이 솔잎을 깨웠는가보다. 굴참나무 사이에 자리한 진달래는 수수알 만한 꽃망울을 다그르르 매달고 햇살을 받는 중이다. 꽃샘바람 들듯 짓궂은 마음이 들어 실한 꽃눈 하나 헤집어 보니 그 작은 몸속에 붉은 꽃잎이 오그리고 들앉아 있는 게 아닌가. 복중의 태아, 바로 그 형상이었다.

'아차, 이 작은 생명체도 들고날 때를 알고 이렇듯 기다리고 있었구나.' 자발없는 내 손동작에 애꿎은 꽃잎 하나가 생을 펴보지도 못하고 가뭇없이 사라지고 만 것이 명치에 걸린다.

숲은 작고 여린 초목으로부터 생명이 살아난다. 덩치 큰 나무들이 뒤늦게 잎을 피우는 까닭은 작은 식물들이 먼저 햇살을 받아 꽃 피우고 씨앗 맺을 때를 기다려 주기 위함이다. 그들은 민초들의 강한 생명력이 자

130

신을 지탱해 줄 지지기반이라는 것을 본능적으로 아는 게다.

봄 숲에 들면, 누가 말하지 않아도 그들 스스로 제 몸 크기를 알고 제 앉을 자리, 꽃피울 때를 스스로 가늠하며 조화롭게 살아가려는 생태계의 질서가 한눈에 보인다. 배려와 양보, 더불어 살아가는 삶의 기본 덕목을 보이는 것이리라. 하물며 사람살이에서야…

노예조각상에 깃든 마음

마음에 갈등이 일 때면 루브르박물관에서 봤던 미켈란젤로의 두 노예조각상을 떠 올린다 '반항하는 노예상'과 '죽어가는 노예상'이다. 짧은 시간에 개머루 먹듯 주르륵 훑어보았지만 그 중 유독 이 조각상에 마음이 꽂힌 것은 미켈란젤로라는 거장의 이름 때문만은 아니다. 박물관 좌우에 전시돼 있는 두 작품이 한사람의 것이면서 극명한 대조를 담아낸 것이 너무도 인상적이었기 때문이다. 단지 정과 끌로써 인간이 지닌 이중적인 내면을 저리 각각 섬세하게 표현할 수 있을까.

일그러지고 뒤틀려 결코 아름답다 표현할 수 없는 '반항하는 노예 상'은 두 손이 뒤로 결박당한 채 왼쪽 어깨가 구부러진 형상이다. 용을 쓰듯 울뚝불뚝 드러난 근육은 인간의 고통으로 느껴진다. 이를 두고 미술사가史家 샤를 드톨네는 '육체적 구속에 대한 영혼의 비통하고 절망적인 투쟁의 상징'으로 봤다고 한다. 또 다른 측면에선 권력에 속박당한 채 작업해야 했던 미켈란젤로 자신의 모습을 표현한 것으로 보는 이도 있다.

'죽어가는 노예상'은 '잠자는 노예상'이라고도 하는데 매끈하고 부드러운 몸매에 온화한 표정이다. 신분제도 아래 노예의 삶은 죽음에 이르러서야 비로소 고통으로부터 벗어나 평온해짐을 형상화했을 거라는 해

석이다. 그러나 나는 삶의 고통으로부터 해방됐다는 표현보다는 긍정적인 시각으로 이치에 순명하는 마음, 인간의 욕망으로부터 자유로워졌음을 의미한다고 본다.

삶이 죽음보다 아무리 힘들어도 반항하는 노예상처럼 뒤틀리는 형상으로 발버둥치다 숨을 거두는 사람이 있는가 하면, 현실을 인정하고 안온하게 받아들이는 긍정적인 사람이 있다.

풍요로운 이 가을, 움켜쥐려는 욕망으로부터 자유롭고 비워냄으로써 넉넉해지는 마음의 주인이 돼 보고 싶다. 자신을 아름다운 표정의 주인공으로 만들 사람은 오직 자신뿐 아니겠는가.

김윤희

김현희

2004년 『월간문학』 등단
한국문인협회 회원, 한국수필가협회 편집위원.
부산대학교 졸업, 박물관대학 수료.
수상 : 대표에세이문학상
저서 : 수필집 『진주목걸이』

E-mail : hyun103@hanmail.net

바다로의 여행

어둡고도 짙은 푸른색, 그 잉크 빛의 바다였습니다. 학창시절 만년필에 즐겨 넣던 푸른 잉크 빛이 불현듯 떠올랐지요. 드디어 해가 저쪽 산 너머로 모습을 감추고, 하늘이 점차로 청색으로 어두워져 오고, 바다도 자신의 그림자만큼 짙어지고 있었습니다. 그 모습에 그냥 멍하니 끌린 나는 자신도 모르게 탄성이 새어나왔습니다. '언젠가, 어디선가, 저 바다 빛을 본 적이 있었는데. 그때도 이랬었지. 멀리 고기잡이배가 외로이 불빛을 밝히고 점점이 떠있는 모습들… 언제였더라.' 기억들은 무시로 찾아와 나를 흔들어놓습니다. 그리하여 거침이 없는 나의 자유로운 회상은 종종 현실과 유리됨을 느끼기도 합니다.

어두워지기 직전 그 중간세계에 존재하는 옅은 군청색의 하늘, 조금 전 석양을 가슴에 잠재운 그 서늘한 하늘빛은 하루 중 왠지 나를 외롭게 하는 시각이기도 합니다. 언젠가는 그 하늘빛을 보며 눈물을 글썽이기도 한 일을 소중히 기억합니다. 더욱이 섬나라 제주의 잉크 빛 바다와 어우러져 깊숙이 들어있던 예민한 감성을 여지없이 건드립니다. 삼다도三多島란 별칭이 무색하지 않게 바람도 소리 내어 울고 있음에야 이를 어이합니까. 나를 가장 나답게 하며, 그리고 나 자신을 진솔하게 만날 수 있는 시각이지요. 어느새 바다가 가진 깊이만큼, 그 신비한 색깔을 서서히 드러내고 있습니다. 우리 사람들도 그 가진 내면의 깊이만큼 얼굴에 감추어진 깊이가 나타날까요.

그러기에 나는 여행이 좋습니다. 일상에서 느낄 수 없는, 그리고 조금 멀찍이서 자신을 바라볼 수 있어 그럴 테지요. 가능하다면야 여행은 최소한 2박 3일의 여정이 좋을 것입니다. 이른 아침 눈을 떴을 때, 1박2일의 여정과는 달리 오늘이 일상으로 돌아가는 그 오늘이 아니라는 여유로움은 바로 2박 3일 여정의 매력이 아닐는지요. 하지만 돌아갈 수 있는, 그리고 기다리는 일상이 있기에 여정이 행복할 수 있다는 것도 여행으로 얻은 소중한 체험이지요. 세찬 바람이 부는 이곳, 섬나라 제주에서 살아가며 흔들리는 못난 마음들을 바람에 덜어내고, 넓지 못한 포용력을 저 거침없는 바다와 마주하며 부끄러워할 수 있음도 덤으로 받은 선물일 게구요. 그러나 일상을 떠나온 여행이 진정 매력적인 것은 진실로 내가 원하는 것과 내 가슴 깊은 곳 목소리에 귀 기울일 수 있어서일 것입니다.

바다로의 여행, 마지막 날 푸른 저녁은 이렇게 아쉽게 저물어가나 봅니다.

까치 소리

　사람이란 얼마나 나약한 존재이런가. 사람의 일과 상관없이 일어나는 평범한 자연현상에도 자신의 주파수를 맞추며 의미를 부여하는 것을 보면.

　어느 날부터인지 아침 일찍 까치 울음소리에 잠을 깨고는 했다. 아니, 다른 새들의 지저귐을 그리 느꼈는지도 모르겠다. 그 당시 내게는 들리느니 까치 울음소리요, 보이느니 까치 모습이었다. 흔히 까치는 숲의 해충을 잡아먹는 익조益鳥일뿐 아니라, 예로부터 반가운 새로 여기는 길조吉鳥라 지칭한다. 그렇기에 아침에 까치가 울면 좋은 일이 있다고 하지 않던가. 그래서 그런 것인가. 나도 그 의미에 넌지시 마음을 실어보는 것이리라.

　어느 반가운 소식을 기다리고 있던 터였다. 그래서 이제껏 무심히 들렸던 까치의 울음소리도 그냥 예사롭게 들리지 않는 것이리라. 그뿐인가. 자주 들르는 공원 벤치에서 바라본 종종거리는 까치걸음도, 나뭇가지에 오르락내리락하는 까치의 보송한 하얀 배 부분도 나에게는 모두가 사랑스러움이었다.

어느 날인가. 해거름에 노을을 보러 뒷동산을 오르다가, 고즈넉한 어느 묘소의 낡은 석물에 마음이 끌려 그냥 망연히 앉아 있을 때였다. 사실 두려움도 있지만 묘소의 아늑함을 평소 좋아하는 편이다. 산의 척후병으로 산골짝을 지키다가 나타났을까. 그 순간에도 어디서 날아온 까치 한마리가 나의 끝없는 상념을 깨웠다. 웬 까치일까. 사람들과도 쉽게 사귀는 우리나라의 텃새라 새삼스러울 것도 없으련만, 나는 미련스럽게도 유독 까치에게 의미부여를 하고 있는 셈이었다.

그렇게 여러 날 여러 달을 까치와 교우하며 보낸 어느 날, 종국엔 기다리던 반가운 소식을 접했다. 역시 기다린 만큼 그 기쁨은 컸다. 그런데 웬일인가. 그날부터 더 이상 까치 울음소리는 들리지 않는 것이었다.

우선정

2006년 『월간문학』 등단
한국문인협회, 파주문협 회원
저서 : 공저 『결혼 닻, 또는 덫』 『마흔다섯 개의 느낌표』 등 다수

E-mail : sjwoo0314@hanmail.net

봄마중

먼 들판에 금싸라기 같은 햇살이 오밀조밀하다.

곧 아지랑이가 피어오를 것 같은데, 코끝에는 겨울이 매달리고 손은 어느새 주머니 속을 찾는다. 퇴근길에 장을 보려고 나서는데, 그래도 청량한 공기가 반가운 걸 보면 봄이 멀지 않은 것 같다.

상큼하게 봄단장을 마친 마트에 들어서니 빨간 열매가 조롱조롱 매달린 화분이 반긴다. 화분 한 개를 사들어 그 무게가 묵직하게 느껴지며 별로 살 것이 없다고 생각될 즈음, 새초롬한 미소를 보고는 걸음이 분주해진다. 다름 아닌 하늘색 바탕에 작은 꽃이 자분자분 깔려있는 운동화인데, 이월상품인지 짝이 맞지 않아 한참을 쪼그려 앉아서 제 짝을 찾았다.

이리저리 보아도 예쁘다.

화려한 봄 치장을 한 상품들 속에서 살짝 비켜서기를 한 소극적인 자태, 이 운동화를 신으면 거품 들어간 내 속내도 가지런해질 것만 같다. 내려놓아서 인간의 고통이 제일 얇아졌을 때의 아름다움이 이럴까, 체념한 듯하지만 아직 꿈을 저버리지 않은 오기 같은 것이 살풋 느껴진다.

구석자리의 진열장, 그것도 맨 하단에서 건져 올린 '봄'을 장바구니에 넣는데, 대단한 걸 얻은 것처럼 든든하다. 핸드폰에 담아두고 소품인 듯 거실 한쪽에 자리를 잡아주니 봄을 통째로 들여놓은 것만 같다. 긴치마에 발목을 내놓고 이 꽃운동화 신은 모습을 생각하며 봄을 앞당기고 있다.

처서

아침산책을 나선다.

옅은 안개에 갇힌 야산은 아직도 취침중인 듯 조용하다. 헛기침을 하며 산길로 들어서는데, 알밤 한 톨이 놀라 떨어진다.

'이런, 이런…'

너무 힘들다고 칭얼거린 여름의 작별인사가 발 앞에 또렷한데, 반가움에 앞서 미처 노크하지 못한 화장실 문을 연 것처럼 무안한 심사는 도대체 무엇일까.

주변에 흩어진 밤 몇 알과 함께 한여름의 짙푸른 기억까지 꾸역꾸역 주머니에 넣고 에움길을 걷는다. 청설모가 놓친 떡갈나무 가지와 나무의자에 앉은 늙은 여자의 등에 아쉬움이 묻어난다. 숲길의 거친 심장은 늦장마의 상처에 쓰라린데, 들길 너머에는 먼 길 돌아온 경의선 열차가 융융하게 지나고 있다.

구부러진 숲길, 빈자리마다 풀꽃들이 수런거린다.

고마리, 닭의장풀, 구절초. 봄의 꽃차례를 거치는 화사한 꽃들이 부자들의 박장대소라면, 여름의 끝자락에 피어나는 이들의 미소는 소시민의 선한 웃음과 닮았다. 오랜 눈도장으로 동병상련을 마주한다. 삼복의 황톳길은 아득하고 미처 달아나지 못한 바람까지 가득하여 화평의 정원이 열려있다.

　푸르른 소멸을 잉태한 처서의 아침, 멀리서 태양이 얼굴을 내민다.

　내 상처만 보듬기에 급급했던 계절, 지나는 세월 앞에서 회개하듯 '세월호'의 아픔을 더듬는다. 안개의 터널을 지나온 태양은 더욱 뜨겁고 빛이 나지 않던가. 아픔의 기억까지 옅게 해줄 햇살의 젖줄 앞에서 간절한 기원을 가슴에 적는다.

김상환(동백)

2006년 『월간문학』 수필 등단, 『월간문학공간』 시조부문 신인상
한국문인협회 회원
수상 : 샘터사 샘터상 (생활수기부문), 브레이크 뉴스 문학예술상 (시 부문), 타고르문학상(수필부문), 여성문예원 공모전(수필부문), 대표에세이 문학상.
저서 : 수필집 『쉼표는 느낌표를 부른다』

E-mail : ksshh47@hanmail.net

감동 어린 문자메시지

'딩동~.' 휴대 전화기에서 문자메시지가 왔다는 신호가 울린다. 열어 보니 문단 10년 선배가 보낸 것이다. 3년 동안 하루도 빠지지 않고 성경 구절과 기도문을 보내주고 있다. 그리고 해마다 정초가 되면 곱게 말린 나뭇잎에 기도문을 써서 코팅하여 '수호천사'라는 이름으로 나누어 준다. 이런 선배가 있어서 문학의 숲이 더욱 향기롭게 느껴진다.

누군가가 나를 기억해 준다는 것은 감사한 일이다. 더욱이 날마다 나를 위해 기도해주는 이가 있다는 생각을 하면 가슴이 따뜻해져 온다. 내 가족이 아닌 사람이 나를 위해 기도해 준다는 것은 고마움을 넘어 가슴이 벅차오른다.

남을 위한 기도는 사랑의 실천이기에 아무나 할 수 없는 일이다. 나에게 문자메시지를 보내주는 선배는 영혼이 이슬처럼 맑고 마음은 꺼지지 않는 모닥불 같은 분이다. 평소에 당신의 건강을 돌보는 일보다 베풀고 봉사하는 일에 더 힘쓰며 성경말씀을 일상생활 속에서 몸으로 실천하고 있다. 누구에게나 친절하고 어진 마음으로 대한다. 그래서 그분과 함께 있으면 고향의 온돌방 아랫목 같은 정겨움과 편안함이 느껴진다.

지난 3년 동안 날마다 선배로부터 문자메시지를 받으면서 새로운 깨

김상환

달음을 하나 얻었다. 내 삶에도 많은 응원군이 있다는 것을 뒤늦게 알았다. 가족과 부모형제, 친구 등 나를 알고 있는 많은 이들이 알게 모르게 각자 다른 방법으로 나를 걱정하고 기도해주고 있다는 것을 깨달았다. 마음의 깊이와 넓이는 다르겠지만 그들의 염려와 기도 덕분에 내가 존재하고 있다는 사실을 알게 되었다.

알고 보면 누구나 삶의 한 가운데 혼자 놓인 것이 아니며 혼자만을 위한 것도 아니다. 우리가 그 사랑과 고마움을 인식하지 못하고 살아가고 있을 뿐이다. 이 모두가 선배덕분에 얻은 깨달음이다. 지금껏 문자메시지를 받기만 했는데 오늘은 답신을 해야겠다.

"선배님 감사합니다. 그리고 존경하고 사랑합니다"라고.

돌멩이

산책길에 하얀 돌멩이 하나가 시선을 사로잡는다. 주워들고 살펴보니 어렸을 때 자주 가지고 놀았던 차돌이다. 매끄럽게 잘 다듬어진 모양에서 세월의 깊이가 느껴진다. 하지만 집으로 가지고 가도 아무 쓸모가 없어 던져 버렸다.

아무 생각 없이 던진 그 돌이 하필 음료수 캔에 맞아 요란한 소리가 났다. 만약 지나가는 사람이라도 맞았더라면 큰일 날 뻔했다는 생각에 머리카락이 쭈뼛 솟았다.

돌멩이를 다시 주워 들고 잠시 상념에 잠겨본다. 육안肉眼으로 보는 것은 허상虛像이요, 심안心眼으로 보는 것은 실상實像이라고 했던가. 그래서 그런지 아까와는 또 다른 돌멩이로 보인다.

일상 속에서도 내 자신도 모르게 아무 생각 없이 던졌던 돌멩이가 얼마나 많았는지 모른다. 그 중에서 눈으로 보이는 돌보다 마음속에 숨겨진 돌이 더 무섭고, 말로 던진 돌이 몽둥이보다 더 아프다. 무심코 말로 던진 돌멩이에 맞은 상대방은 섭섭하거나 심한 경우는 피멍이 들기도 했을 것이다. 하물며 마음먹고 상대를 겨냥해 힘껏 던진 돌멩이는 어떻겠는가.

김상환

사람마다 가슴에 돌멩이를 품고 살아간다. 원망과 한恨이 쌓이고 쌓인 응어리가 바로 돌멩이다. 그 숫자가 많거나 크면 울화병鬱火炳이 된다. 하지만 뜻을 이루거나 만족한 삶을 누리게 될 때 아픈 돌멩이는 녹아서 아름다운 추억으로 승화한다.

우리는 하루에도 수없이 많은 삶의 돌을 만나며 살아간다. 알고 보면 디딤돌도 걸림돌도 모두 똑같은 돌이다. 돌멩이를 던진 사람도 맞은 사람도 또한 같다. 더러는 내가 돌멩이가 되어 누구에겐가 아픔과 미움을 줄 때도 있다.

어느 날 종로 세운상가에 볼 일 있어 횡단보도 앞에 신호를 기다리고 서 있었다. 이때 내 앞을 지나가던 승용차가 갑자기 멈추었다. 나이 많은 신사가 차에서 내려 나에게 다가와 허리를 굽혀 깍듯이 인사를 했다. 순간 나는 어리둥절했다. 어디서 본 듯한 얼굴인데 기억이 나지 않았다. 그의 설명을 듣고 보니 30년 전 내가 무선 전축을 생산하고 있을 때 만났던 사람이었다. 당시 내가 자기를 따뜻하게 대해주고 용기를 주었던 일이 고마워서 우리 집으로 한번 찾아왔었다고 했다. 그런데 내가 이사를 하여 만날 수가 없었다고. 나는 전혀 기억하지 못하는 말과 일들을 그는 가슴속 깊이 간직하고 있었다.

나는 직선적인 성격에 지나칠 정도로 원칙을 주장하여 별명이 '장도칼' 또는 '탱자나무가시'라고 불리어질 정도다. 그런 나에게 참으로 뜻밖의 일이었다. 하지만 이와 반대로 남의 마음을 섭섭하게 하거나 아프게 하는 돌멩이들을 나도 모르게 얼마나 많이 던져 왔을까 하는 생각을 하면 부끄럽고 두려움이 앞선다.

나는 버렸던 차돌멩이를 다시 주워 들고 집으로 향한다. 거울 앞에 두고 아침마다 보며 마음을 깨워야겠다.

　　　　　　　　　　　　대표에세이

곽은영

2007년 『월간문학』 수필 등단
한국문인협회 회원
대학에서 문학, 대학원에서 신문 전공
수상 : 2012 동서문학상 동화부문
저서 : 공저 『결혼 닻, 또는 덫』, 『마흔다섯 개의 느낌표』 등 다수

E-mail : kwakkwak0608@hanmail.net

말띠 해

갑오년이 밝았습니다. 갈기를 휘날리며 힘차게 달리는 말들이 신문 1면을 장식합니다. 굵고 튼튼한 다리로 거침없이 달리는 말! 제 오빠도 그랬지요. 군복을 입고, 첫 휴가를 나온 날. 오빠는 야생마처럼 보였습니다.

어느 날, 갑자기 병으로 어머니가 돌아가시자 오빠는 눈물을 삼키며 말했습니다.

"걱정 마. 오빠가 있잖아!"

오빠는 한글도 가르쳐 주고, 손톱도 깎아주었습니다. 마치 엄마 말처럼. 세월이 흘러 오빠가 결혼을 하였습니다. 오빠는 삼남매를 둔 아빠가 되었고, 저도 남매를 둔 엄마가 되었습니다.

가장인 오빠는 경주마처럼 보였습니다. 비가 오나 눈이 오나 묵묵히 경주에 나갔습니다. 정말 최선을 다해 달렸습니다. 세월이 흘러 삼남매가 결혼을 하였습니다. 이제 오빠도 은퇴한 경주마처럼 놀이공원에서 손자들을 태우고, 빙글빙글 돌아가는 회전목마가 될까요?

"오빠가 한쪽 다리를 절단하는 수술을 받았어요."

아, 오빠는 패혈증으로 오른쪽 다리를 잃고 말았습니다. 오빠는 휠체

어에도 의족에도 아무런 눈길을 주지 않은 채 그저 점점 썩어 들어가는 검은 목마가 되어갔습니다.

　인생의 황혼기. 누구는 여행을 가고 취미생활도 가져 봅니다. 또 새로운 인생을 시작할 수도 있습니다. 하지만 오빠는 물 한 모금도 거부한 채 그저 죽기만을 기다렸습니다. 전 심장 가득 터져 나오는 눈물덩이를 꾹 삼켰습니다. 단단히 마음을 먹고, 병원을 찾아갔습니다.

　"그만 일어서! 이 바보야! 의족이든 휠체어든 달려야지. 이대로 엄마처럼 죽을래?"

　오빠는 오랫동안 울었습니다.

　새해가 찾아왔습니다. 말띠 해입니다. 오빠는 오늘부터 재활훈련을 시작했습니다.

　"걱정 마. 동생이 있잖아!"

　처음으로 오빠의 다리를 주물러 보았습니다. 60살, 아직 젊습니다. 이제야말로 인생에서 가장 힘차게 달려볼 때가 아니겠습니까?

샤론의 장미

"엄마, 최우수 상장이야."

깜짝 놀랐습니다. 1학년 딸이 이렇게 큰 상을 받다니 말입니다. 얼마 전 학교에서 무궁화 대회가 열렸습니다. 대회 전날, 수진이는 컴퓨터 앞에서 무궁화 사진을 보고 있었습니다.

"엄마, 샤론의 장미가 뭐야?"

샤론의 장미? 저도 두 눈을 동글동글 뜬 채 컴퓨터 앞으로 다가가 보았습니다.

– 무궁화의 영어 이름은 The Rose of Sharon(샤론의 장미)이다. 이스라엘의 샤론 평원에 장미처럼 아름답게 핀 꽃이란 뜻이다.

아! 순간 커다랗고 예쁜 무궁화 사진이 둥 떠올랐습니다.

다음날, 수진이는 도화지에 색종이로 접은 무궁화 꽃을 여러 개 붙여 무궁화 액자를 만들었습니다.

"전 무궁화가 샤론의 장미라고 말해 주었어요."

수진이는 환한 미소를 지어 보였습니다.

봄이면 벚꽃을 보러갑니다. 여름이면 장미 축제에 가지요. 가을이 되면 단풍을 보러 달려갑니다. 겨울이면 눈꽃에 가슴 설레는 아이도 되어

152

봅니다. 하지만 무궁화를 보러 집을 나선 적이 있었던가 되물어 보았습니다.

"앗, 무궁화다!"

수진이가 뛰어갔습니다. 우리 아파트 바로 옆 냇가공원에도 무궁화가 있었습니다. 아마도 무궁화는 앞만 보고 가는 저를 조금은 섭섭하게 바라보았을 것입니다.

"엄마, 무궁화 축제가 있대. 우리도 한번 가 보자!"

졸라대는 수진이에게 새끼손가락을 내밀었습니다. 다음 번에는 아이의 손을 잡고 샤론의 장미가 가득 핀 정원에 가 볼까요? 황금빛 태양 아래 눈부시게 빛날 샤론의 장미! 최우수 상장처럼 샤론의 장미가 반짝반짝 빛나기를 바랍니다. 우리나라를 넘어 세계 어느 곳에서도 그 향기를 맡을 수 있기를 소망하면서….

김진자

1994년 『예술세계』 시 등단, 2007년 『월간문학』 수필 등단
한국문인협회, 성남여성문학회 회원
수상 : 경기신인문학상, 공무원연금공단 수기공모 입상
저서 : 공저 『교과서에 싣고 싶은 나의 수필』, 『마흔다섯 개의 느낌표』 등

E-mail : ja4445@hanmail.net

비우기

　주방 수납장에 매달려 한나절을 보낸다. 소소한 집기들이 내놓을 것들 천지다. 때 지난 것들이 왜 그리 많은지. 대단한 삶도 아닌데 참 많은 것들을 소유했고 개중에는 오래된 것도 있었다. 시원하게 비워지는 장속을 보면서 마음 놓고 비울 수 있다는 게 고맙다는 생각이 들었다. 맘만 먹으면 이렇게 손쉽게 비울 수 있는데 왜 자주 정리하지 않고 욕심으로 그러안고 있었을까.

　용도에 따라 한 때는 유용하게 썼겠지만 때가 되면 내놓을 줄 아는 게 우리네 인간사다. 가차 없이 내놓으면서 버릴 데가 없다면 얼마나 불편하게 온갖 것들을 끼고 있어야 할까. 언제 무엇이든 마당 귀퉁이에 있는 시설에 담아 놓기만 하면 된다.

　가감 없이 걸러 내면서 내 마음 안에 있는 집기들이 떠오른다. 사느라 준비한 손때 묻은 형형색색의 마음 도구들. 사랑, 미움, 배신, 배반, 여러 형태의 집기들이 마음 안에서 묵은 때가 되고 있다. 유형의 집기가 보여서 버렸다만 마음 안의 것들은 보이지 않아 끼고 살았을까.

　내 안의 허접한 집기들은 언제 쯤 수납장의 비우기처럼 정리정돈이 될까.

미친년 위에 매친 년

　중부지방이 백년만의 폭설로 폭탄을 맞았다. 천둥번개와 우레를 동반하는 경우는 매우 이례적이라 한다. 한겨울 내내 올 눈이 하룻밤에 다 내린 셈이다. 요즘의 기상은 도통 알 수가 없다. 비도 바람도 볼썽사납게 포악스럽고 눈도 옴팡지게 온다. 뭐든지 기습으로 오기를 잘한다. 한마디로 기상도 미친 짓으로 나댄다.

　이번 눈 역시 그렇다. 기상청은 대단치 않게 여겼는데 실제 수치는 상상외로 넘치고 있다. 젊은 날의 설산 산행이 떠올라 앞산을 가기로 했다. 뜨거운 커피에 사탕 두어 개 챙겨 든 도토리 키만 한 미니 산이다. 아무도 건드리지 않은 풍경이기를 기대한다. 동네 산이지만 워낙 눈이 많아 약간 긴장되는데 건장한 발자국이 이미 나 있다.

　사람 흔적이 든든하면서도 숫눈이 아닌 것은 못내 아쉽다. 혼자 맡은 산에 익숙해지면서 아랫동네로 가는 샛길로 접어든다. 경사가 심하고 좁아 사람을 타지 않았으리라 생각했는데 흔적이 나 있다. 짜증나지만 그 옆구리께의 실파람 길을 기대하고 몇 발짝 더 미끄러진다.

　그 비탈은 당연히 살아 있다고 믿으며 고꾸라지듯 썰매로 내려가야 할 자세다. 무릎까지 쌓인 깊은 눈에 나만의 족적을 새기고 싶어 새치기

156

를 염려하듯 발걸음이 바빠지는데…. 그랬는데 갈림길에 당도하니 소소한 발자국이 똑바로 쳐다본다.

아니. 이런! 목을 접어 자세히 보니 여자다. 아니, 어떤 년이 생눈을 팠지? 평소에도 잘 안 뜨여 나만 아는 길인 줄 아는데 이 동네에 나 보다 더 미친 물건이 있단 말인가. 내가 생각해도 지금 이러고 헤매는 게 미친 짓인데 나보다 더 미친년이 있다니….

자국의 형태로 보아 금방 지나간 건 아닌 성 싶다. 눈은 어제 오후부터 시작해 밤새도록 퍼붓다 아침에 개어 있었다. 그렇다면 신 새벽에 이 길을 덤빈 간 큰 년이다. 한 발을 디디면 다음 발을 놓을 데가 마땅찮을 이 얄궂은 길을 겁도 없이 생눈을 파고 올라왔단 말인가. 부아가 확 치밀면서 욕을 한바가지 안기고 싶어진다. 아마도 오피스텔에 사는 여자가 출근길로 간 모양이다. 허연 신 새벽 길이 무섭지도 않았나보다. 대단한 열정에 담이 집채만 한 년인가보다.

괘씸죄로 발자국을 뭉개며 비탈길을 흐르다 피식 옅은 웃음이 흐른다. 산 하나를 통째로 맡고도 이 산이 새것이기를 바라는 내 과욕은 뭐람.

빈 벤치의 두꺼운 눈을 밀고 엉덩이를 얹으면서 고개를 젖히니 온통 무채색의 고요가 안온하고 화려하다. 나 보다 한 술 더 뜬 어느 미친년의 낭만에 악수를 청하며 커피 한 모금을 깊게 머금는다.

김경순

2008년 『월간문학』 등단
한국문인협회, 음성문인협회 회원
수상 : 충북여성문학상, 대표에세이문학상
저서 : 수필집 『달팽이 소리지르다』 산문집 『애인이 되었다』

E-mail : dokjongeda@hanmail.net

바늘귀

어머니는 침을 발라 꼿꼿해진 실로 연신 바늘귀를 공략하지만 번번이 실패다. 옆에 앉아 있던 열 살 남짓 딸내미는 그런 엄마가 이상하게만 보였다.

"엄마, 구멍이 이렇게 큰데 이게 안보여?"

어머니가 바보라 생각했다. 바보가 아니고서야 이렇게 큰 구멍을 못본다는 게 이해가 되질 않았다. 울 밖에서 동무들이 부르는 소리에 엉덩이가 조바심을 내기 시작한다. 빨리 꿰매시면 좋으련만 굼뜬 어머니의 손이 미웠다. 그때 생각해 낸 꾀가 바늘이란 바늘에 실을 죄다 꿰어놓는 것이었다.

그 시절에는 양말도 옷도 왜 그리 빨리 헤지는지 어머니는 저녁마다 우리 가족 옷을 깁는 일이 다반사였다. 살림살이가 곤궁했던 시절 우리 집은 양말과 속옷, 겉옷에 주인이 따로 없었다. 다만 어른 옷과 아이 옷만이 구별되었다. 엄마가 천을 덧대어 기워놓은 옷들은 먼저 입는 사람이 임자다. 때문에 새 옷을 입을 수 있는 명절은 우리들에게 최고의 날이었다.

어느새 나도 내가 바보라 생각했던 어머니의 나이가 되었다. 눈이 침

침해서 바늘귀에 실도 혼자 힘으로는 꿰지를 못하고, 귀도 밝지 못하다. 보는 것도 적어지고 듣는 소리도 놓치는 수가 많아지고 있다.

언제인가 세월의 속도는 나이에 따라 비례한다는 이야기를 들었다. 열 살 때는 세월의 시속이 10km이고 쉰 살때는 50km이며, 백살에는 100km라고 한다. 어린아이들이 빨리 어른이 되고 싶어 하고, 노인들이 하루라도 세월을 잡고 싶어 하는 것이 그 반증이다. 지금의 내 나이의 속도는 49.5km이다. 분명 그리 빠른 속도는 아니다. 하지만 요즘 종종 뒤를 돌아보게 되고 놓친 것들에 대한 미련을 갖게 된다. 그렇다고 후회는 하고 싶지 않다. 그것은 아마도 세월의 속도에는 제어장치가 없는 것을 알기 때문일 게다.

앞으로 세상의 이야기도 종종 놓치는 일이 잦아질 터이다. 그래도 다행인 것은 바늘귀가 작아지는 만큼 마음으로 볼 수 있는 눈은 더욱 커지고 있다는 것을 알아가고 있는 요즘이다. 조바심을 내거나 속상해 하지 않으련다. 이제 곧 인생의 의미를 깨닫는다는 나이, 지천명이 도래하지 않던가.

바람꽃

녹슨 철대문이 무거운 소리를 내며 열렸다. 주인 잃은 마당엔 이미 초록 생명들이 가득했다. 마루문을 열었다.

"책깍, 책깍, 찍깍"

모든 것이 정지된 것 같은 이 집에서 홀로 살고 있는 쾌종. 이십 여 년 전 아버지와 어머니가 읍내에 있는 금은방에서 큰 맘 먹고 사 오신 시계다. 어머니가 들고 나실 때마다 보셨을 쾌종을 어루만져 본다. 이 집에서 여전히 제 몫을 다 하고 있는 유일한 존재. 어떻게 알릴까. 이제 너의 시간을 보아 줄 사람이 없다고, 이제는 멈추어야 한다고… 하지만 알릴 수가 없었다.

안방 문을 열 차례다. 손끝에 미동이 인다. 숨을 고르고 천천히 문을 밀었다. 키 큰 장롱도, 앉은뱅이 서랍장도 우리 가족의 모습이 빼곡히 들어찬 벽걸이 액자도 일순간 나를 응시하고 있다. 주인을 기다렸겠지.

그토록 오고 싶어 하셨던 집이다. 한 평생을 흙에서 손을 놓지 못하셨던 어머니는 흐려진 눈동자가 이내 맑아지면 집에 가자고 하셨다. 콩도, 깨도 베야하고 감자도 캐야 한단다. 요양원에 들어가신 지 일년 쯤 되었을까. 당신 가슴속에 집 한 채를 들여 놓은 것이. 그때부터 딸들은 고마

김경순

운 아주머니가 되어 있었고, 돌아가신 아버지와 작은 오빠가 그 집에서 살기 시작했다. 아버지는 여전히 어머니를 기다리게 하셨고, 작은 오빠는 개울에 고기 잡으러 가는 일이 잦았다. 내가 찾아 가면 왜 이제 왔냐고, 작은오빠는 금방 고기 잡으러 나갔다며 안타까워하시던 어머니….

이제는 새로 지은 그 집에서 남편과 작은아들을 만나 여한이 없으실 테지만 빈집에 홀로 서 있는 이 막내딸의 가슴은 왜 이리도 시린지 모르겠다. 그토록 좋아하시던 마당의 덩치 큰 하얀 진달래 꽃봉우리는 속절없이 실하게 물이 올랐건만 이제는 영영 돌아오지 않을 어머니가 야속하기만 하다. 내 마음을 알기라도 한 걸까. 열린 창문으로 들어 온 찬바람이 얼굴을 훑고 지나간다. 위로라도 해 주시는 것일까. 문득, 앞산 봉래산이 눈에 들어 왔다. 그곳엔 진달래 붉은 빛은 보이지 않고 뽀얀 *바람꽃만이 피어나고 있었다.

---

*바람꽃 : 산에서 큰 바람이 일어나려고 할 때 구름처럼 뽀얀 기운이 생기는 것

허해순

2009년『월간문학』등단

한국문인협회, 한국수필가협회, 미래수필문학회 회원

올림픽미술관『공원에 가다』단체사진전, 소마미술관 아카데미사진전 참여

저서 : 공저『힐링역에 내리다』외 다수

E-mail : nobleher@hanmail.net

긴 머리 소녀

비가 오네요. 왠지 쓸쓸하고 허전한 마음에 노래를 불러봅니다. 평소 나는 소리 내어 노래를 부르지 않지만 오늘은 그러고 싶지가 않네요. 내가 열아홉 살에 태어난 노래 '긴 머리 소녀'를 부릅니다. 하필 갈래머리를 싹뚝 자르고 커트머리로 만들자마자 유행해서 그때 나를 퍽 속상하게 만든 곡입니다.

오늘, 그동안 살면서 내가 잃어버린 것이 무엇일까를 생각해 보았습니다. 아버지, 할머니, 내 친구 제이, 수줍음, 향기… . 내 삶속에 퇴적된 추억을 부르며 잠시 그리움에 젖어봅니다. 지나간 시간 속에서 나는 또 얼마나 경솔하고 어리석었던가요. 내 생을 다시 한 번 유년으로 돌려준다면 멋진 인생으로 완성해갈 수 있을까하는 엉뚱한 생각에 피식 웃어봅니다. 어쩌면 실패가 시행착오에서 비롯된 것이 아니라 욕심과 모자란 생각에서였다면 다시 산다고 해도 마찬가지겠지요.

나는 노래를 잘 부르지 못합니다. 사람 앞에서 노래를 하지 않았습니다. 지금부터는 비가 오지 않아도 '긴 머리 소녀'를 부르렵니다. 지나고 보니 얼마나 사소한 것에 마음을 다치고 움츠러들었는지요. 머리는 시간이 지나면 저절로 길어지는 것을 왜 그렇게 속을 끓였을까, '긴 머리 소녀'를 부르며 나 자신을 북돋우렵니다. 잃어가는 열정과 감성을 되찾고 싶을 때마다 내 나이 열아홉에 탄생한 그 노래를 부를 겁니다. 교만함과 열등감이 직조된 일상에서 나 자신에게 한없는 위로가 필요할 때, 상처 입은 영혼에 생기를 불어넣고 싶을 때 노래할 거예요.

마음으로만 느끼던 모든 것들을 몸으로 함께 느끼며 노래하는 삶의 감촉은 어떤 것일까. 현실과 이상이 반대방향으로 감고 올라가는 칡과 등나무 같아도 진한 꽃향기를 피우는 그들처럼 향기롭기를 바라며 두 손을 모아봅니다.

척척박사

그는 나랑 늘 함께합니다. 내 말을 말없이 가장 많이 들어주고 무엇을 묻더라도 자신의 온갖 촉수를 동원해서 자세하게 알려줍니다. 뉴스도 각 언론사의 최신 뉴스로 일목요연하게 알려주고 연예인 스캔들 또한 모르는 것이 없습니다. 아주 오래된 화제도 금방 기억해냅니다. 세상에서 떠들고 있는 그 모든 것을 다 알고 있는 것 같습니다. 척척박사랍니다. 모르는 길을 안내해 줄 때도 그의 말을 듣지 않고 다른 쪽으로 가더라도 화를 내는 법이 없습니다. 화를 내기는커녕 내가 가고 있는 쪽으로 얼른 방향을 수정해 다시 일러줍니다.

길을 걷다 활짝 피어있는 노란 민들레꽃에 내 손가락 하나만 까딱해도 그는 그 순간의 그 꽃을 내가 보고파 할 때면 언제든지 보여줍니다. 아무것도 묻지 않고 따지지도 않습니다. 내가 보고 싶어 하는 공연이나 전시 같은 것도 예약해 주고 금융업무까지 그 자리에서 다 해결해 줍니다. 친구들의 소식도 알려주고 아무리 먼 곳일지라도 연결해 줍니다. 듣고 싶은 노래도 들려주고 보고 싶은 영화도 보여주죠. 심심하거나 시간을 때울 때는 게임도 제공해 줍니다. 이러니 모든 사람들이 그에게서 눈을 떼지 못합니다.

그런데, 그런데 말입니다. 얼마 전에 이런 그에게서 뒤통수를 맞고야 말았습니다. 내 친구나 가족, 지인들의 연락처를 모두 그에게 맡겼습니다. 그뿐인가요. 내 일상의 소소한 편린들을 그에게 남겨두었죠. 사진과 메모와 짧은 단상까지요. 생각보다 아주 많은 양이었습니다. 나는 그를 잃어버릴까봐 언제나 전전긍긍 했고 동행하고 있는지 꼭꼭 확인했었지요.

그토록 믿었던 그가 어느 날 갑자기 내 모든 사적인 자취를 깡그리 지워버렸습니다. 내 모든 연락처와 사진과 그에게 남겼던 메모가 한순간에 그에게서 사라져버렸습니다. 그만 너무 믿지 말고 이런 경우를 대비해 두어야 한다는 주위의 충고를 너무 가볍게 여긴 내 탓입니다만 허망했습니다. 스마트라는 이름의 그를 너무 신뢰했나봅니다.

그 후로 나는 얼마나 불편하고 먹먹했는지 모릅니다. 다 지워져버린 내 하루하루의 족적들을 어찌하면 찾을 수 있을까요. 비정한 그를 다시는 믿지 않겠습니다. 그래도 여전히 그는 나와 함께 삽니다.

허해순

허문정

2009년 『월간문학』 수필 등단, 『시와사람』 시 등단
한국문인협회, 광주문인협회, 죽란시사회, 무등수필 회원
저서 : 공저 『결혼 닻, 또는 뎇』 『마흔다섯 개의 느낌표』 외 다수
E-mail : shin_saimdang@hanmail.net

그 남자의 행방

촉진제를 맞고 유도분만을 시작한 지 두어 시간, 우렁찬 아기 울음소리가 났다. 목소리로는 분명 사내아이였다.

아기를 곁에 뉘고 링거를 맞는데 미역국이 나왔다. 혈관을 못 찾아 헤매던 간호사가 오른팔에 주사바늘을 꽂는 바람에 왼손으로 미역국을 먹었다. 국을 끓여 온 아주머니가, 남편이 먹여 줘야 할 텐데 딸을 낳아 속상해서 가버렸나보다며 염장을 질렀다.

첫딸을 낳자 시부모님은 아무개는 딸 낳고 아들 낳았다 하더니, 둘째도 딸을 낳으니 아무개는 딸 둘 낳고 아들을 낳았다고 했다. 이제 셋째딸을 낳았으니 또 딸 셋 낳고 아들 낳은 집을 들먹일 터, 나라정책도 무용지물이었다.

아들을 낳아 대를 이어야 하는 장손며느리, 나를 옭아맨 굴레에 가위눌리며 셋째딸을 낳고 허름한 시골병원에 누워 천장만 바라보던 그때, 내 나이 서른한 살. 윤나게 살고 싶은 꿈은 사라지고 아들을 낳기 위해 녹초가 된 몸은 다가올 어둔 그림자에 현기증이 났다. 상처를 얼마나 더 깁고 덧대며 살아야 할까. 쓰디쓴 눈물이 목으로 넘어갔다.

허문정

해가 다 넘어가서야 남편이 나타났다.

"어디 갔다 와?"

"국화 심으려고 모래 푸러…."

그 해 5월, 모란은 세 딸의 얼굴로 피어났다.

11월의 나무

빈 가지여도 꽃망울을 품거나 단풍이 막 진 나무, 하얀 눈을 담뿍 받아 안은 나무는 측은함이 덜하다. 꽃망울 속에는 희망이, 잎이 막 진 나무에는 아직 남아있을 온기가, 솜사탕 같은 눈을 들고 선 나무는 누군가의 보살핌을 받고 있는 듯 느껴져서다.

11월 끝자락의 나무에서는 싸늘한 외면 속에 빈자貧者의 외로움을 본다. 그루터기만 남은 들녘에서 옴팡 된서리를 맞고 서 있는 나무의 초췌함을 보면 길고도 고독한 침묵 앞에 왈칵 눈물이 쏟아지고는 한다. 갈 곳을 잃은 방랑자처럼 보이다가, 외지에 나간 자식 같다가, 이내 쭉정이라는 자괴감이 드는 내 모습으로 돌아온다.

거무튀튀한 감나무가 그을음 가득한 부엌을 들여다보던 유년의 집 뒤란. 늙은 감나무가 영혼이 깃든 수호신으로, 얼굴을 보지 못한 할아버지로 환생한 듯 등걸을 타고 오르면서도 온기를 느꼈다. 마구 흔들어 대던 길섶의 뽕나무며 개울가 구새 먹은 버드나무에 돌을 집어넣으면서도 상처가 아릴 거라는 생각보다는 친근함을 느꼈는데, 반생을 돌아온 지금은 오래된 나무는 오래된 대로, 어린 나무는 어린 대로 늙고 쇠잔하고 가녀려서 가슴이 아리고 시리다.

허문정

계절은 서로 사이좋게 손을 맞잡고 돌고, 제 몫을 다한 나무는 땅속에 발을 깊숙이 밀어 넣으며 따순 기억으로 봄이 강둑을 넘어와 꽃잎을 틔우기를 기다리는데, 순전히 나의 외로움을 나무에 투영해 보는 11월의 끝자락. 어쩜 내가 11월의 나무, 너인지도 모르겠다.

대표에세이

조주희

2010년 『월간문학』 수필 등단, 『문학공간』 시 등단
현 독일 거주
저서 : 시집 『까맣게 빛나는 별』, 『밤 하늘의 무지개』 외 다수
수필집 『무지개의 꿈과 죽음』e-book, 『라비린스의 신비』 e-book
『디지털 삶』e-book,
동화집 『골목을 부수는 아이들』 외 다수
소설집 『자기에로의 구원』 e-book

E-mail : zuh-hee@hanmail.net

다시 태어난다면

스위스 나라 Spiez, 호반의 도시에도 언제나처럼 저녁이 석양에 업혀서 넘어가고 있었다. 저녁이 익어가면서 이 도시의 옛 성을 방문한 관광객들도 뜸해지는 사이에 저녁이 물 속으로 빠져들어가는 호수를 나는 한없이 바라보고 있었다. 그 옛날 여기 성의 성주도 이따금 저녁을 들이키러 나와 발아래 호수를 바라보았겠지. 그들이 무엇을 이 자리에 앉아서 생각했을까 도무지 짐작을 할 수도 없지만 나와는 무척이나 다른 사고의 덩어리를 머리 속에 굴리고 있었을 것이다.

호수 옆에는 교회당이 서 있었다. 성당 담벽을 끼고 돌면서 우리는 성전 안으로부터 아름다운 성가가 흘러나오는 것을 들었다. 성가대 연습을 하나보다고 말을 주고 받았다.

성당 모퉁이를 돌아서자 교회당 담벽에 바짝 붙어있는 조그마한 집을 발견했다. 고즈넉한 장소에 서 있는 아담하고 조촐한 건축물이었다. 불현듯 나는 그 집 안에 있는 사람 누군가를 방문하고 싶어졌다. 길을 지나다 보면 고향 동네 어디에 두고 온 집 모양 문득 다정하게 이끌려 문을 밀치고 들어가보고 싶은 아늑한 집들이 종종 있다. 나지막한 나무 집문 옆에는 초인종을 잡아당기도록 약간 녹이 설어있는 손잡이가 매달려 있었다. 바깥에서 잡아당기면 정말 소리가 울릴까 잔뜩 호기심을 머금고서 손잡이를 잡아당겼다. 문 뒤에서는 땡그랑 종소리가 울렸지만 안에서는 아무런 기척이 없었다. 다시 한번 손잡이를 잡아당겼으나 여전히 안으로부터 땡그랑 소리만 밀려 나왔다. 그 소리가 너무나도 고풍스러워서 우리는 환하게 웃었다.

나그네이지만 집이 하도 정다워 그냥 문을 밀고 들어가 안에서 사는 누군가와 이야기를 격식도 없이 나누고 싶었다. 문을 살짝 밀어보니까 열렸다. 주인이 문을 걸지 않고서 잠시 집을 비운 모양이다. 조촐한 사제관이지 않나 짐작하게 하는 작은 집이다. 아마도 저녁과도 같이 조용한 기도를 올리는 신부님이 이렇듯 조그마한 집 안에 살며 성직의 삶을 보내고 있을 거라는 상상을 하게 된다.

문득 나도 그처럼 고요한 인간으로서 소박하게 살아가는 성직자가 되고 싶어졌다. 후세에 다시 태어난다면 정말이지 저 집에 몸을 담고 일생을 별처럼 조용하게 보내는 신부님이 되고 싶다. 하나님이 현존하느냐? 그걸 내가 믿느냐? 이러한 물음을 떠나서 저렇듯 고요한 집에 조촐하게 살아가는 한적한 성당의 신부님이고 싶어진다.

저녁이면 누군가 지금의 나 모양 찾아들고, 그러면 그와 이유도 없이 서로의 슬픔과 외로움을 나누기도 하면서 찾아온 이의 괴로움을 그냥 들어주는 착한 신부님이 되어서 지내노라면, 잔잔한 행복의 미소가 삶의 언덕 길 위에 절로 피어날 것이다.

저녁

하루의 한낮이 무거워 지치는 숨을 몰아쉴 적에 어느새 저녁 빛이 집들의 담벼락을 쓰다듬고 있는 걸 보면, 마음은 돌연 조촐해지면서 삶의 자리에서 끝나지도 않은 일들이 이젠 제법 끝이 낫구나 싶은 안식이 감싸오는 걸 느낀다.

이브닝 드레스를 걸치듯이 나는 그 때 저녁을 두 팔 벌리며 옷 입으면 그는 우리에게 따스한 손을 내민다. 정이 든지 오래되어 따사로운 이웃처럼 저녁은 안온한 한때를 누구에게나 나눠주고 있다. 집들의 유리창이 늦은 햇살에 황금빛으로 반짝이는 모습을 보면 쓸쓸하게 돌아오는 마음들 속에도 어쩐지 포근한 안식을 담아주곤 한다.

저녁은 아늑한 목소리를 지녔다. 피로에 지친 우리들의 등 뒤에서 하루의 먼지를 떨어내 주면서 시끄러운 골목길에서 나를 집안으로 밀어넣으며 평온을 속삭인다. 곧이어 어둠이 내릴 터이니 너는 온갖 스트레스에서 두발 뻗고 '쉬려마!'라고 은은하게 속살거린다. 그러면서 세상을 휘젓고 흐르는 슬픈 우리의 노래도 아름답게 목청을 다듬어 가슴에 울려준다.

저녁은 고요하고도 어진 눈을 뜨고 있다. 낮 동안에 사람들 사이에서

돋아난 온갖 추악한 것들에 대하여 조용히 앉아 있을 적엔 눈을 감게 하는 평온으로 다가온다.

저녁은 엄마의 품속과도 같이 포근하게 우리를 안아 들인다. 아무리 추워도 바깥에서 뛰어들어 올 때 엄마는 따사로운 젖가슴에 작은 몸을 안아 녹여 주었다. 그렇듯 저녁은 삶에서 얼어붙어 떨고 있는 인간을 포근히 감싸면서 인생에서 배어나오는 고독과 허무를 넉넉하게 토닥거려 준다. 외로움을 숨길 폭신한 구석자리가 마련될 수 있고, 쓸쓸한 마음 덩어리를 어디엔가 누일 한 켠을 찾을 수가 있다. 누군가가 그래서 저녁은 가장 연약한 짐승에게는 무기가 된다고 들려 주었다. 어둠이 가냘픈 인간의 보호막이 되어 주는 것이다.

저녁은 그러나 무서운 무엇이기도 하다. 집 없는 아이들에게는 검은 들판에서 울어야 하는 기나긴 시간으로 닥쳐온다. 허지만 그 울음이 새벽이 오면 그칠 수 있는 것도 아니기에, 차라리 어둠 속에서 우는 모습을 감출 수 있어 어쩌면 포근한 슬픔을 선사하는 어둠의 아량 같은 것이 깃들어 있다. 그리고 그 검은 관대함 안에는 생명이 수태되는 고통의 어둠을 거치는 밤이 오는 길목이 숨겨져 있는 것이다. 모든 생명은 어둠 안에서 탄생을 준비하지 않는가.

저녁이 이렇듯 슬프게도 다정한 것은 인간이 무한의 안식을 동경하는 존재이기 때문이다.

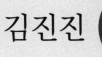

김진진

2011년『월간문학』수필 등단

승보컨설팅 대표, 한국문인협회 회원

관악문학원 문학아카데미 회장, 『인헌문학』편집장 역임

저서 : 장편소설『오래된 기억』공저『마흔다섯 개의 느낌표』『대표에세이

30주년 기념선집』등 다수

E-mail : wf0408@hanmail.net

내 아들이 누군 줄 알아?

　어느 여름휴가 때 일이다. 서울 우리 집에 다니러 오신 시어머님과 함께 주문진 큰형님 댁에 가기로 했다. 일행은 우리내외와 네 살배기 아들로 모두 네 명이었다. 고속버스로 오후 두시 지나 강릉에 도착해 주문진으로 향하는 버스를 갈아탔다. 마른 볕이 쨍쨍한 날씨에 해변이 가까운 탓인지 차안에는 물놀이 기구를 든 아이들과 간단한 여름복장의 사람들이 눈에 띄었다. 우리는 맨 뒷자리에 자리를 잡았고 열 댓 명쯤의 사람들은 서 있었다.

　다음 정거장에서 여러 손님들이 올라탔는데 갑자기 운전석 쪽이 시끌벅적 했다. 소박한 차림에 술이 거나하게 취한 초로의 아저씨가 이리저리 비틀거리는 중이었다. 기사가 위험하니 안으로 들어가 자리를 잡으라고 하자 둘 사이에 시비가 붙은 모양이었다. 차가 출발하고도 한참이나 옥신각신이었다. 그리 유쾌하지 못한 상황에 사람들은 마땅찮은 표정이었다. 그 아저씨는 겨우 중간으로 걸어 들어와 뒷문 옆에 기둥을 붙잡고 섰다. 휘청거리며 사람들을 한차례 둘러보더니만 다들 들으라는 듯이 혀 꼬부라진 목소리로 우렁차게 한 말씀했다.

　"내 아들이 누군 줄 알아? 주문진에 민방위 대원이야! 짜식들, 까불고 있어!"

순간 여기저기 키득거리는 낮은 웃음소리들이 차안의 분위기를 단번에 바꾸어 놓았다. 때마침 뒷문이 열리고 아저씨는 유유히 사라졌다.

아마도 변변찮은 그의 세월을 은연중 짐작케 하는 그 한 마디 말이 오랜 세월을 두고 도무지 잊히질 않는다. 만일 취중진담이면 그 아들은 스스로 작은 행복을 느끼지 않을까 싶다. 툭하면 엄친아가 어쩌니 저쩌니 해서 평범한 자식들을 대놓고 기죽이는 세상에 자신을 그토록 큰 위세로 여기는 아버지를 두었으니 말이다. 그때 일을 생각하면 어쩐지 마음 한 구석이 따뜻해지는 것은 왜인지 모르겠다.

봉숭아꽃 붉게 여울지고

여름빛이 열기를 더해가는 주말 오후. 누군가 벨을 누르고 잠시 후, 열린 대문 안으로 들어선다. 한 달에 한 번 수금 때나 마주보는 얼굴. 십오년 가까이 새벽마다 우유를 배달해 주는 아줌마다. 불과 삼일 전 이른 아침에 계산을 끝냈는데 오늘은 무슨 일인가 의아하다. 둥근 얼굴이 언제나 유순한 인상을 풍긴다. 단단한 몸집과 사시사철 무던한 성격이 좋아 늘 마음에 담아두던 사람이다. "그냥 좀, 잠시 있다 가도 될까 허고…." 나는 그저 고개를 끄덕인다. 어딘가 심상찮음이 분명하다.

뒷짐을 진 채 무뚝뚝한 자세로 텃밭을 내려다보더니 "이 집 얼갈이배추는 해마다 워째 이리 싱싱헌지…." 장승 염불하듯 말끝을 흐린다. 땅이 꺼질 듯 간간이 한숨을 내쉬더니 흐드러진 봉숭아 곁에 무작정 주저앉는다. 불안한 눈빛을 고정시킨 이마 위로 따가운 햇살이 반쯤 머문다. 정수리부터 등줄기 아래로 시원한 나무그늘이 무늬를 엮고 있다. 무성한 배추 이파리들만 뚫어질 듯 보다가 천천히 투박한 손을 내민다. 봉숭아 여린 꽃잎 서너 송이를 따서 손바닥에 올려놓고 지긋이 매만져보길 여러 차례. 얼마나 시간이 흘렀을까. 마침내 두 눈조차 꽃빛으로 물들어 있다.

김진진

"인자 이혼혔으니, 시골 가 농사나 질라요. 둘째 아들이 고등학생 됐는디, 더는 못 살것어라. 하루도 안 빠지고 소주 세 병은 기본인디, 꼴에 가지가지 허누만요. 인사나 허고 내려가려고…."

그 후 줄곧 성난 여름처럼 무덥더니 온순한 가을처럼 서늘하다. 오랜만에 내리는 빗줄기가 담장을 타고 힘차게 뻗어 오른 나뭇가지들을 씻어내는 중이다. 마치 깊은 처마를 이룬 듯이 보이는 그 아래의 공간들. 뜬금없이 찾아와 제 삶의 서사가 바뀐 순간을 그렇게 무디게 어루만지던, 가고 오지 않는 그 여인의 모습만이 아직도 그 자리에 쓸쓸하게 남아돈다. 봉숭아꽃 붉게 여울지고 못내 서럽던 여인의 마음언저리가 며칠을 두고 가셔지지 않는 먹물처럼 번지고 있다.

원수연

2012년 『월간문학』 등단
한국문인협회, 부천문인협회, 한국수필가협회 회원
수상 : 부천신인문학상(2009년), 동서문학상(2010년) 입상

E-mail : wsy931@hanmail.net

허난설헌의 무덤

그러나 그렇기 때문에 당신은 지월리로 오시기 바랍니다. 어린 남매의 무덤 앞에 냉수를 떠놓고 소지 올려 넋을 부르며 "밤마다 사이좋게 손잡고 놀아라."고 당부하던 허초희 음성이 시비에 각인되어 있습니다. 중부고속도로를 질주하는 자동차의 소음이 쉴 새 없이 귓전을 할퀴고 지나가는 가파른 언덕에 지금은 그녀가 그토록 가슴 아파했던 두 아이의 무덤을 옆에서 지키고 있습니다. 정승 아들 옆에 거두지도 못하고, 남편과 함께 묻히지도 못한 채 자욱한 아침 안개 속에 앉아 있습니다. *열락悅樂은 그 기쁨을 타버린 재로 남기고 비극은 그 아픔을 정직한 진실로 이끌어 준다던 당신은 이곳 지월리에서 지켜야 합니다.*

몇 해 전 신영복 교수의 글 '허난설헌의 무덤'을 접하고 허초희를 가슴에 끌어안고 두 달을 보냈습니다. 안개가 자욱한 귓전을 할퀴는 중부고속도로에 있는 그의 무덤을 찾아가고 싶어 병이 날 지경이었습니다. 지금 나는 신영복 교수의 「나무야, 나무야」라는 책을 들고 있습니다. 그 글이 여기에 실려 있는 줄 이제야 알았습니다. 비록 제대로 된 수필을 못 쓴다 한들 어쩌하겠습니까. 시공을 초월해 이렇게 우리가 사랑할 수 있는 옛 사람들을 알아간다는 것만도 행복합니다. 허초희의 무덤을 못 찾아가 두 달을 가슴앓이 했듯이 적어도 두 달은 행복할 것 같습니다. 강원도 강릉에 있는 허난설헌의 생가를 찾았을 때도, 난설헌이란 소설을 읽었을 때보다 나는 이 글을 읽었을 때가 허초희의 27살 짧은 생애가 더욱더 왜 마음에 와 닿는지는 알 수 없습니다. 그것은 각자의 마음일 것이라고 생각합니다. 언젠가 안개 자욱한 중부고속도로를 달리고 있을 나를 생각할 뿐입니다.

---

*신영복의 허난설헌 무덤 중

아빠의 존재

　결혼은 필수가 아닌 선택의 시대이다. 여성이건, 남성이건 결혼에 목숨 걸지 않는다. 직장생활에 지쳐 갈 무렵 아직도 결혼하지 않고 근무하느냐고 물어보는 친절이 지나친 손님도 있다. 그 의도를 모르지 않건만, 사라져야 할 물건이 제자리를 내주지 않고 버티고 있는 모습인 것 같아 속으로는 유감의 표정을 짓고 웃음으로 화답해야만 했다.

　요즈음은 결혼의 적령기는 없다고 한다. 자신이 선택하고 싶은 배우자를 만났을 때 결혼하는 것이 결혼적령기라고 한다. 아이 생산의 문제만 아니라면 나이 오륙십에 결혼해 사는 것이 제일 행복할 수도 있다는 말도 있다. 결혼한다 해도 신혼부부들은 아이 낳기를 거부한다. 애를 낳아 고생하며 키우느니 둘이 잘 살고 보자는 심리가 젊은 부부들에게 일맥상통해 가는 것 같다. 출산율이 낮아 앞날을 걱정해야 할 시절이다. 불과 40년 전, 늘어나는 인구를 조절하기 위해 만든 '무턱대고 낳다 보면 거지꼴을 못 면한다'는 협박 조의 출산 억제 표어는 지금 들어보아도 웃지 않을 수 없는 인구 정책 표어답다. 이젠 아이를 낳지 않아 노동인구를 걱정해야 하는 시절이니 세상사 한 치 앞도 모른다는 이야기는 나라 살림에도 해당되는 이야기인가 보다.

186

우린 결혼하면서 딸이든, 아들이든 하나만 낳자고 말한 것이 현실이 됐다. 말만 그렇게 했지 꼭 그러리라 다짐한 것은 아니었다. 부모의 마음은 혼자 커온 딸을 보면 안쓰러움이 든다. 한 이불 속에서의 속닥거려야 할 친구처럼 지낼 동생도 없었으니 정서적으로는 손해를 보고 살게 한 것 같다. 요즈음 딸은 우리가 나이 들어가니 바라보는 마음이 가볍지만 않은 모양이다. 둘은 낳아야지 어떻게 하나만 낳았느냐고 따질 때도 있다.

우리 딸이 어렸을 적 한 말이 생각난다. 옆집 앞집 다 둘러보아도 혼자 자라는 어린이는 저 하나뿐이라는 생각이 들었나보다. 딸은 나를 심각한 표정으로 바라보더니 문득 "엄마, 할머니가 아빠 안 낳았으면 큰일 날 뻔했다." 하였다. 갑작스레 아빠의 존재에 무게를 실어주는 소리였다. 뜬금없는 딸의 말이 의아해 "왜?" 하고 물으니, 딸아이가 대답한다. "엄마랑 나랑 둘이 살 뻔했잖아…."

전영구

『문학시대』 시 등단, 2013 『월간문학』 수필 등단
국제펜클럽 한국본부 회원, 한국문인협회 권익옹호위원
한국수필가협회, 가톨릭문인회, [문학의집,서울]
경기시인협회, 수원시인협회, 문파문인협회 회원
저서 : 시집 『애작』, 『낯선 얼굴』, 『손 닿을 수 있는 곳에 그대를 두고도』
　　　수필집 『뒤 돌아보면』

E-mail : time99223@hanmail.net

낯선 얼굴

천의 얼굴이란 말이 있다. 그만큼 인간이 살아가면서 남이나 자신에게 보일 수 있는 얼굴이 다양하다는 뜻이다. 누구를 대할 때 맨 처음 보이는 것도 얼굴이고, 그 얼굴이 주는 느낌에 따라 첫 인상이 달라지기에 요즘은 의료시술에까지 힘을 빌려 임의로 타고난 얼굴을 바꾸기도 한다. 태어날 때의 모습 그대로 나이를 먹을 수만 있다면 깊이 패인 주름을 들여다보며 세월의 덧없음을 탓하지 않아도 될 것이다. 하지만 살아가는 환경에 따라 많은 변화가 생겨, 오랜 시간 연락이 끊어진 후에 몰라보게 바뀌었다는 소리를 듣게 되는 것이 사람의 얼굴이다. 하여 때로는 자신의 변해가는 모습을 바라보며 속상해 할 때가 종종 있다.

얼굴이 주는 의미는 자신을 대표하며 평생을 따라다니는 명함이라 해도 과언은 아니다. 그만큼 타인에게 어필을 하거나 신뢰를 요할 때 중요한 역할을 하기 때문이다. 얼굴에 점 하나를 제거해도 그 사람의 사주가 바뀐다는 말이 있다. 현 시대를 살면서 미에 너무 치중한 나머지 부모가 물려준 얼굴을 의술에 의존해 너무도 쉽게 변형시켜 버린다. 대가족 시절에는 바라만 봐도 누구네 자손임을 알 수 있었던 풍경은 사라지고 한 핏줄인데도 서로 매우 다른 생경함을 보이기 때문이다. 바라보면 정

전영구

겨운 얼굴, 낯설음이 없는 얼굴의 중요성을 잃을까 걱정이다.

　살다보면 여러 가지 일을 겪게 되고 성공도 하겠지만 설령 쉽게 풀리지 않아 고초를 겪는다 해도 늘 평온한 표정을 잃지 않는다면 반은 성공의 길로 들어 선 것일 것이다. 바람이 있다면 어느 한순간 불현듯 거울을 들이대도 세파에 흔들려 가장으로의 정체성마저 흔들리는 낯선 얼굴이 아니라, 가족의 맨 앞에 서서 행복으로 이끌어 갈 자신에 찬 사십 중반의 얼굴을 바라보며 흡족한 미소를 짓는 일이다. 그러기에 오늘을 시작하는 원동력을 찾아 자신의 얼굴에 자신을 갖고 세상 밖으로 힘차게 뛰어드는 것이다. 내가, 그리고 세상이 원하는 얼굴은 낯선 얼굴이 아니라 자신이 간직한 가장 자신 있는 얼굴, 바로 지금의 내 얼굴인 것이다.

대표에세이

늘

언제부터인가, 상대를 바라보는 시각의 변화가 느껴지기 시작했을 때부터 자연스럽게 입에 배인 '늘'이라는 말이 내게는 위안이고 나름대로 타인에게 건네는 배려인 셈이었다.

평소 강한 성격 탓에 맺고 끊음이 정확해, 나보다도 곁에 있는 가족들에게 부담을 주던 시절이 있었다. 그때는 자신만의 잣대로 그어놓은 상식선을 벗어난 사람들을 쉽게 이해하려 하지도 않았고, 더욱이 화해를 하기에는 자존심이 상한다는 생각으로 가득해 결코 먼저 손 내밀기가 쉽지는 않았다. 하지만 어느 순간부터, 아니 시간이 흘러 연륜이라는 명약이 서서히 나를 치유해, 지금은 자그마한 선물을 건넬 때면 못 쓰는 글씨지만 작은 메모지에 항상 정성을 다해 '늘 감사합니다', '늘 사랑합니다' 라고 써서 건네고는 한다.

'늘' 이라는 말은 늘 살아있어 좋다. 진행형처럼 들려지지만, 선뜻 눈에는 띄지 않고 철저하게 표시 없이 다가서는 단어라서 좋다는 말이다. '늘'은 느낌으로만 알 수 있고, 교감을 할 수 있는 가슴속에서만 살아 움직이는 말이다.

늘 기다릴께요.

저는

늘….

김기자

2013년 『월간문학』 수필 등단
한국문인협회 회원
저서 : 공저 『대표에세이 선집 30주년 기념』

E-mail : kkj8856@hanmail.net

인형의 옷

손녀딸이나 인형이나 덩치가 비슷하다. 한참을 조용하게 잘 노는 듯 해서 돌아다보니 갖고 있던 인형의 옷을 모두 벗기는 중이다. 갑자기 웃 음을 터트리고 말았다. 그 옷에 호기심을 가졌던 모양인지 안간힘을 쓰 며 제가 입으려 하고 있다. 간신히 한쪽 팔은 끼웠지만 다른 쪽은 끼우기 가 가당치도 않은 터, 울고불고 야단이다.

며늘애가 설득을 해도 소용이 없다. 제대로 의사소통이 아직은 불가 능하니 바라보는 가족들 모두 난감한 상황이 되었다. 묘안이 떠올랐다. 내가 나서서 인형의 바지를 발목까지 입힌 후 걸어보라 했다. 발걸음을 옮기기조차 힘든 처지를 어린것도 즉각 알게 된 것이 표정으로 나타난 다. 그렇게 떼를 쓰더니 곧바로 백기를 든 셈이다.

두 돌도 안 된 아기의 행동은 웃고 넘길 일이다. 그 광경에서 문득 내 모습도 가끔씩은 그렇지 않았을까 생각해 보니 아니라고는 할 수가 없 다. 세상 잣대에는 그럴 듯하게 보일지 몰라도 돌아보면 부끄러운 몸짓, 옷매무새, 마음씀씀이까지 작은 인형의 옷을 입으려 하는 아이와 다를 바 없었음을 고백한다. 막연한 설명이 필요치 않다. 솔직히 나 자신은 속 일 수 없기 때문이다. 초로의 세월을 맞으면서도 아이처럼 멈추어진 때에서 허우적대며 힘들어 했던 순간이 왜 없다고 하겠는가.

아직도 가슴속에는 인형의 옷들이 무수히 남아 있다. 아니 마음의 형상들이다. 유년부터 청소년의 시절, 그리고 방황하던 청춘의 시간, 결혼으로 인한 수많은 고리의 연속 가운데 겹겹의 작아진 옷들이 지금껏 살아서 혼란을 주고 있다. 그것은 용납되지 않는 이상과 현실이 부딪히는 갈등의 연속이었으리라 짐작한다.

한 점, 한 점, 정리가 필요한 시간에 이르렀다. 가슴속에 쌓인 여러 갈래의 상처와 파편들이 희미하게 다가온다. 현실 속에서 버리지 못했던 이상들이 부유물처럼 떠올라 시야를 흐리게 만든 고뇌의 날들도 함께 일렁이고 있다. 이제 그 잔영들을 지우고자 노력하는 중이다. 기억 저편에서 잠재해 있던 인형의 옷들이 이해와 관용으로 탈바꿈하여 내 영혼을 새롭게 하리라 믿는다.

친구

친구는 나에게 그리운 고향이다. 시도 때도 없이 달려가서 푸근하게 쉬고 싶은 그런 곳이기도 하다. 수많은 날이 흐른다 해도 변함없는 심정이다. 화려하진 않지만 가슴에 보석처럼 박혀서 꺼내 볼수록 수수한 빛깔로 정신세계를 지키고 있다. 싫증을 불러오지 않는 소중한 재산목록에 속한다.

친구는 나에게 형제 그 이상이다. 가족이 있었지만 어린 시절 설명 못할 만큼의 허기는 늘 바람처럼 온 몸을 흔들어 놓았다. 그러나 친구가 있어 충분히 견딜 수 있었다. 순간마다 내게 양지가 되었으며 언제나 언니같이 그렇게 내 손을 잡아 주었다. 반백의 나이를 넘어선 지금에도 여전하다.

친구는 나에게 연인과 같은 존재이다. 가끔씩 우울한 날에는 어김없이 전화를 걸어 마음을 달랜다. 바람이 불거나 비가 내릴 때면 그 버릇은 수그러들지 않는다. 들려오는 목소리에서 따뜻한 커피 향을 느낀다. 시간이 아깝지 않다. 인생을 논하는 깊은 대화 속에서 서로가 빠져 나올 줄을 모른다.

친구는 나에게 마음의 거울이다. 불현듯 내 삶이 곤고할 때 투정 반,

푸념 반을 쏟아내도 충분한 여백을 허락한다. 어김없이 돌아오는 답은 항상 제자리를 찾는 일이다. 위로와 함께 다시금 새 힘을 얻고 몸과 마음이 바쁘게 움직이도록 도와준다. 친구는 항상 그렇게 나를 붙잡아 주었다.

친구는 나에게 여행의 목적지이다. 어느 날 약속이 정해지면 기다림이 길게만 느껴진다. 소풍가는 아이와 다르지 않다. 서로가 세월의 간격이 필요 없을 만큼 가깝게 다가선다. 약간은 털털하고 부스스한 머릿결로 나타난대도 전혀 부끄럽거나 초라한 생각이 들지 않는다. 편한 만큼 돌아서는 시간도 아쉬움이다.

친구가 있어 행복하다. 고향이며 형제이고, 연인이며 거울 같은 친구가 내게 있다는 사실이 뿌듯하다. 여행의 목적지처럼 떠날 곳이 되어 주어서 항상 고맙다. 우리는 먼 곳에 있어도 충분히 통하며 살아간다. 내 친구 숙이와는.

정아율

2013년 『월간문학』 수필 등단
한국문인협회 회원

E-mail : picesgirl@hanmail.net

서울, 1989년, 겨울

　남도에서 출발한 무궁화 호는 결국 연착했다. 폭설 때문이었다. 서울
역 시계는 어느 새 지하철 운행 시간을 벗어나 있었다. 내 손에는 김치며
밑반찬 보따리가 바리바리 들려 있었다. 이 보따리들은 내가 아무리 당
시 유행하던 롱코트에 앵글 부츠를 신고 뿌리 퍼머를 했더라도 천상 '지
방녀'란 것을 보여주고 있었다. 인신매매 괴담이 가뜩이나 우울한 서울
을 음울하게 만들던 80년대 끝자락이었다. 공중전화로 갔다. 우직한 남
자친구는 아버지 대신 가게 정리를 하고 있는데 일이 끝나는 대로 택시
를 타고 오겠다고 했다. 언제 일이 끝날지 알 수 없었지만 기다릴 수밖에
도리가 없었다. 그때 파란 옷을 입은 청년이 다가왔다. 가무잡잡한 얼굴
에 작은 키, 야윈 몸은 그가 걸어온 길이 자갈투성이었을 거라 짐작케 했
다. 하지만 얼굴에는 과일 가게의 알전구 같은 미소가 일렁거리고 있었
다. 여대생과 차 한잔 마셔보는 것이 소원이라 했다. 나는 친구를 기다리
고 있어서 힘들다고 했다.
　청년은 떠나지 않고 자기의 삶을 이야기하기 시작했다. 눈 쌓인 서울
역 광장에 이야기 삽화가 그려지기 시작했다. 작은 방 한 칸, 그 앞에는
늘 여러 켤레의 신이 놓인다. 근무 시간이 다른 아홉 청년이 교대로 들러

눈을 붙이고 밥을 먹는 방, 밥 할 시간도 설거지 할 시간도 없다. 그 한 칸 방의 살림은 한 아주머니가 한다. 이야기는 더 어린 시절로 리와인드 리와인드….

어느덧 내 얼굴도 미소가 떠오르고 있었다. 모직 코트에 털모자까지 쓴 내 앞에, 얇은 파란 옷 한 벌만 입은 채, 또 무거운 신문뭉치를 든 채 서 있는 청년, 열 아홉이라 했다.

"나 보다 한 살 어리시네요. 동생이라 치고 국밥이나 한 그릇 하죠."

내 말에 그의 알전구 미소의 촉광이 더 밝아졌다.

자정이 넘은 시각, 서울역 앞 국밥집은 불콰한 얼굴에 소주병을 곁들인 일꾼들이 하루를 부려놓고 빈 속을 채우는 곳이었다. 나는 뜨거운 국밥을 행복한 얼굴로 훌훌 먹는 한 청년을 보고 있었다. 사실 나는 돼지국밥을 싫어했다. 그날도 두어 숟갈 뜨다 말고 숟갈을 내려놓았다. 하지만 지금은 잘 먹는다. 뜨거운 국물을 타고 들어온 밥알이 입안에서 퍼져 나간다.

서울, 1989년, 겨울, 폭설을 뚫고 도착한 서울이었지만, 여느 겨울보다 따뜻했노라고 추억은 내게 속삭인다.

아이

나는 '아이'와 인연이 많다. 생일이 5월 5일이요, 이름에도 아이 아(兒)자가 들어간다. 하지만 둘 다 알고 보면 깊은 의미가 있는 것은 아니다. 내가 태어난 종가宗家는 반농반어의 시골마을에 자리했다. 어느 화창한 봄날, 이장님께서 그간 모아둔 동네 사람들의 민원을 바리바리 싸들고 가서 한꺼번에 해결하던 날, 그날이 내 출생일이 되었다. 이름 역시 아버지의 감수성이라는 우연의 산물이다. 영화, 〈별들의 고향〉 주인공 이름에 '아'자가 들어간 것이 인상 깊으셨다나…

본의 아니게 '아이'와 인연을 겹으로 맺게 되었지만, 그래도 나는 '아이'를 무척 좋아하게 되었다. 대여섯 살 때부터 목욕탕에 엄마를 따라가면, 대야 안에 앉혀 놓은 토실토실한 아기들이 너무 좋았다. 사과 같은 뺨, 소시지 같이 볼록볼록한 팔과 다리. 살짝 만지기만 해도 보오얗고 해사한 느낌이 내 마음을 찌르르 흔들었다. 그럴 때면 나도 모르게 살짝 혀를 깨물곤 했다.

자라면서도 나보다 조금이라도 어린 아이들을 보면 인형도 그려주고 얘기도 들려주고 내가 잡은 곤충도 주곤 했다. 어른이 된 뒤, 방송 촬영을 유치원 같은 곳으로 나가기라도 하면, 스텝의 신분을 잠시 잊고 애들

정아울

틈에서 '짤랑짤랑 으쓱으쓱'을 외치며 춤추는 철딱서니 없는 행동을 하곤 했다.

이렇게 아이를 좋아하던 내가 생애 처음으로 한 '아이'로 인해 오미伍味를 다 맛보게 되었다. 아무것도 걸치지 않고 아무것도 할 줄 모르는 무력한 존재였다. 그제야 어렴풋이 눈치챘다. 한 생명을 길러내는 데는 단지 젖과 사랑만이 필요한 것이 아님을. 어미의 인생이 통째로 들어가도 늘 모자란 듯 아이는 한없이 연약해 보였고 늘 더 많은 것을 필요로 하는 것 같았다. 그리고, '아이'만 좋아하던 내 눈에 '어른'이 들어오기 시작했다. 내 부모님, 또 내게 따스한 눈빛, 말을 건네던 어른들이 떠올랐다.

이제는 아이들을 보며 더는 혀를 깨물지 않는다. '아이'가 내게 '어미'로 '부모'로 산다는 것을 깨닫게 했기 때문이다. 인생이 사탕 맛이 아니라 다섯 가지 맛이 함께 있는 녹차 맛임을 알게 했기 때문이다. '아이', 이제야 내게 진짜 의미 있는 말이 되었다.

바람결에
수굿수굿

대표에세이문학회

바람결에 수굿수굿

초판 발행 2014년 11월 30일
지은이 대표에세이문학회
펴낸이 안창현 **펴낸곳** 코드미디어
북 디자인 Micky Ahn **교정 교열** 최윤성

등록 2001년 3월 7일
등록번호 제 25100-2001-5호
주소 서울시 은평구 갈현1동 419-19 1층
전화 02-6326-1402 **팩스** 02-388-1302
전자우편 codmedia@codmedia.com

ISBN 978-89-94178-99-8 03810

정가 12,000원